文治
© wénzhì books

更好的阅读

爱是谎言

愛なんて嘘

[日]白石一文——著
邱香凝——译

四川文艺出版社

目　录 / contents

思念黑夜的人

1

在 TOWN SEVEN[1] 地下一层买完菜，才刚走进荻洼车站，手机就响了。美绪子把鼓胀的塑料袋换到左手，从挂在肩上的包里取出手机。看到屏幕上与田的名字后，随即按下“通话”。

“你现在人在哪儿？”

耳边传来一如往常沉稳的声音。

“荻洼。买东西耽搁了一点时间，才刚要去搭车。”

与田住的公寓在方南町，搭丸之内线就不用换车了。不过，如果在中野坂上换车，只要二十分钟就到了。

“抱歉，今天先取消好吗？”

1　TOWN SEVEN 是位于东京西荻洼的老牌购物商场。——译者注事出突然，美绪子忍不住“欸”了一声。

“忽然接到一通电话，现在得去见个人。”

“工作吗？”

“也不是。”

与田的口气和平常一样平静淡然。可是，他从来不曾像这样取消约会。

“你要去跟谁见面？”

“从前的朋友，而且不能改到明天。总之先这样吧，晚上我会去你那里一趟。真的很抱歉！”

“那晚餐怎么办？菜都买了，如果你要来我家吃，我就准备起来。”

“你今天打算做什么？”

这半年来，周末美绪子几乎都会去与田家做饭。

“买了看起来很好吃的鲷鱼，我想做个鲷鱼炊饭，可能再炸个什锦蔬菜饼吧。”

“鲷鱼饭和天妇罗吗？听起来真不错。那我会赶紧过去的。”

说完，与田又说了一次“抱歉啦”，便自行挂上了电话。

他也很少像这样先挂断电话。

美绪子转身走回连接车站和 TOWN SEVEN 的地下通道，搭电梯回到一楼。

时间是下午一点二十分。今天美绪子起了个大早，洗了衣服也打扫了房间。最近就连平日晚上也常在与田家过夜，周六上午是难得可以用来做自己家事的宝贵时段。

早上用司康饼和红茶充当早餐，还没吃一顿正经的饭。

星期六，与田通常都会睡过中午。如果没有计划一起出游，他习惯跳过早餐和午餐，直到下午五点才一边喝啤酒或红酒，一边享受当天唯一的一餐。

两人称这样的星期六为“无所事事的星期六”。

昨晚在新宿吃过晚餐后，美绪子说：“明天无所事事就行了吧？”

“可以啊，反正下周就要去旅行了，这个周末两天都无所事事吧。”与田也赞成她。

手上的塑料袋里装着鱼，也没办法直接改去吉祥寺或新宿逛街购物。

唉，美绪子在心中叹气。

就这么一次，而且只是几个小时而已。然而，一旦失去和与田之间的联系，美绪子就不知如何是好了。交往正好一年，与其说与田治人已完全成为美绪子生活中的一部分，不如说几乎是她的全部。

虽说男女平等，可这种整个人生都能为对方重新改变的心情，恐怕也只有女人才懂得。

对与田而言，美绪子仍然是他人生中重要的一部分，从他平时的态度就能明白这一点。

可是，他并不像我这样将对方视为全部——这点美绪子也很明白。

走出 TOWN SEVEN，眼前是青梅街道，美绪子往左边走。

走到环八和青梅街道交叉的大十字路口，右转往阿佐谷方向再走五分钟左右，美绪子住的公寓就到了。

地址是天沼三丁目，荻洼税务署旁一栋小小的单身者专用公寓。

从老家新潟到东京上大学至今，这是第四个住处了。

学生时代住在大学附近的女子学生会馆。进现在这家公司之后，头两年住的是千驮谷的单身宿舍。第三年，为了和当时的结婚对象一起住，第一次跑了好多家不动产公司，最后租了京王线明大前站的房子。距今正好四年，美绪子当时二十五岁。

搬进新家不到三个月，男人就暴露了本性。

美绪子有生以来，第一次被男人拳打脚踢。

不只如此，从对方第一次使用暴力，到完全跟他断绝关系为止，美绪子整整花了将近一年的时间。这段时间，美绪子当然又被拳打脚踢了无数次，对方有时还会拿东西砸她，或是破坏她的私人物品。

回头想想，为什么不第一时间逃走呢，她也觉得简直匪夷所思。可是，每当男人对她又踢又揍之后，他总会立刻哭着道歉，抱着她说“没有你，我活不下去”。美绪子怎么也不忍抛弃这样的他。

结果，还是在得知男人有了其他女人后，美绪子才下定决心分手。

从此，美绪子再也无法百分之百地相信自己识人的眼光与判断力了。

就在打从心底里认为再也不需要男人的时候，因为公司的人事变动，三年前的春天，美绪子调到了现在工作的宣传部。当时同样从人事主管转任宣传主管的，就是与田治人。

出门时晴朗无云的天空，不知何时变阴了。

连续几天都是热得宛如初夏的好天气，今天更添了一层湿气，闷热得不得了。提着塑料袋走在路上，脖子和额头不断冒汗。

今早的天气预报说，关东地方最快也要下周才会进入梅雨季。不过，前天似乎有个台风开始通过太平洋海面，预报说傍晚可能会下一场雨。这股湿气，也是台风将至的缘故吗？

与田早上出门时，有没有带伞呢？

话说回来，美绪子还在想：那个“从前的朋友”到底是谁呢？

2

“为什么要回去呢？”

美绪子怀着难以置信的心情这么说。与田的话已经使她的脑袋一团混乱，只知道当他从椅子上起身，说出“总之，今晚我先回去了”时，一股难以言喻的愤怒涌上心头。

“不然呢？你又不肯跟我一起回去。”

与田困惑地看着美绪子。面对他那几近从容不迫的淡然语气和表情，美绪子心头那股怒气不知该往哪里去，觉得自己就像一个泄了气的皮球一样可悲。

“你就一直留在我这里不行吗？”

尽管美绪子不打算接受与田坦承的状况，即使如此，现在无论如何还是得阻止他回那间房子。

要是让他回去了，两人的关系一定就完了。

“这怎么行呢，暌违三年，她好不容易回来了，我总不能丢下她不管吧。再说，她看起来好像非常疲倦，虽然每次都是这样。”

这时，与田做出了一件令人不敢相信的事。他竟然看了手表。

“你现在还无法冷静，这个我能理解。毕竟事情来得太突然了，而且又是这种不合一般常理的事。不过，我是有心把一切都毫不隐瞒地告诉你的，刚才说的没有任何添油加醋的地方，也没有隐瞒任何事。虽然不知道她还会待多久，但我想，最多一两个月她就会离开了。我们只要忍耐到那时候。她这次一走，或许再也不会回来了。这次也是啊，她都走了三年了，我还以为她再也不会回来了呢。如果不是因为这样想，我早就跟你说了。”

与田把刚才说的话又重复了一次：“总之，今晚我先回去了。”

说完，他打开客厅的门，走了出去。

美绪子始终坐在餐桌旁，除了目送他离去之外，没办法做别的事。

想站起来，双脚却使不上力。

听见玄关门打开又轻轻关上的声音。这只是间一室一厅的小房间，无论多小的声响都能听得一清二楚。

美绪子抬起不知何时低下的头。

想起与田看手表时那不带感情的眼神，仿佛只是有一个工作上的约定。为了甩掉那张没有表情的脸，她望向墙上的时钟——正好十二点。

在仅容两人对坐的小餐桌上，一边放着与田的咖啡杯，另一边是美绪子的。与田的咖啡杯空了，美绪子的咖啡则几乎一口都没喝，此时也已凉了。

啜饮一口凉掉的咖啡。

苦味在口中扩散，脑中浮现出与田说过无数次的那句“冷静点”。

他是今天傍晚六点多来的。

因为他来得比约定的时间早，美绪子还没把晚餐的菜处理好。与田坐在客厅里看电视上的棒球赛打发时间。美绪子拿出啤酒，他说“今天不喝”时，她不禁有些诧异。在那之后，晚餐倒是一如往常。若说有什么不同，顶多是平时食量不大的与田，多添了一碗鲷鱼炊饭，多吃了一份天妇罗，如此而已。美绪子做梦也没想到，后来他会说出那件事。

饭后甜点是与田买来的蛋糕卷和咖啡，就在两人都把蛋糕吃完时——

“其实，有件很难开口的事要跟你说。不过，因为是很重要的事，所以希望你能冷静一点，好好听我说完。”

这就是他的开场白。

是啊，与田一开始就说了“冷静点”。

美绪子把咖啡杯往旁边一推，双肘支在桌上，双手捂住脸。

心想："怎么办？"

与其说不知道怎么办，不如说搞不懂到底为什么会这样。

试着回头反刍才发现，与田刚才说的话根本毫无道理，仿佛某种典型的"烂笑话"，叫人难以置信。

与田是这么说的。

好久以前就已离婚的前妻"又回来了"。

想仔细检视谈话的细节，记忆模糊的部分却太多。因为美绪子从最初傻眼到最后，几乎没把他的话听进脑中。

当然，与田年轻时结过一次婚，这是她早就知道的事。

从美国留学回来不久结的婚，只维持了一年多就离婚了。当时的与田二十五六岁，已经是超过十五年前的事。

关于对方是什么样的人、婚姻生活的状况、离婚的原因等，美绪子什么都没有问。

并不是因为与田不想说，是美绪子自己不想听。回头追究十五年前的事没有意义。因为，无论是与田本人也好，他住的地方也好，过去那段婚姻并未留下任何痕迹。

只有一次，与田说了一段令美绪子记忆深刻的话。一时之间想不起那是何时，在什么状况下听他说的，但确实留下了鲜明的记忆。

"她的生日在二月，消失那天正好是她的生日。我下班回家时，桌上放着写好的离婚协议书，宣告我的婚姻就此结束。"

与田说，那是结婚一年后发生的事。

“她失踪了吗？”

美绪子当时应该这么问了。

“嗯，算是吧。”

与田点头答道。

“不过，并不是死了哟。”

他轻轻地笑了。

那个失踪了的前妻，据说今天回来了。

不仅如此，与田还说：“这已经是她第六次像这样跑回来了。”

美绪子从餐桌上收回手肘，收起抬高的下巴，缓缓站起身来。腿总算恢复了一点力气。

碗盘还没洗完。美绪子往料理台前一站，打开水龙头。强劲的水柱冲出水管，打在不锈钢水槽内的盘子、小碟及饭碗上，弄得水花四溅。美绪子赶紧将水量调小，挤了满满一海绵的洗洁精，抓起碗盘，在上面涂满泡泡。

幸好明天是星期天。否则，自己就得怀着这种心情上班，不可避免地被迫看见与田，光想想就觉得背脊发凉。

手泡在水里动着动着，情绪终于慢慢镇定下来。

那真的不是骗人的吗？

超过十五年前离家出走的妻子，此后每隔两三年就会随心所欲地跑回来住，一住就是一两个月，然后又什么都不说地离开。丈夫也奇怪，每次妻子回来都任由她在家中停留小歇。两人之间已经没有夫妻关系，没有感情，离婚也早已成立。即使如此，这种事至今已经反复发生过五次。

"唉，说起来就像是没有血缘关系的兄妹吧。她累了就回来休息，休息够了就又不知道上哪儿去了。过去最长的一次住了三个月，最短的大概是三星期吧。再说，中间每次都间隔了两年或三年啊。你如果愿意的话，要不要跟我一起回去呢？她也很想认识你。只要亲眼看到她，你或许能稍微理解我的意思，你的心情也不会那么纠结了吧。"

与田是这么说的。

跟我一起回家，我就介绍你们认识——是这句话让美绪子完全信了他。可是，说不定这只是某种巧妙的诡计，刚才那番剖白会不会全都是编出来的故事呢？

毕竟，仔细想想，那实在是非常荒谬的事。

哪可能有什么睽违三年又跑回来的前妻啊？与田是不是有其他非和我分手不可的原因？他可是自认也公认有颗聪明优秀的脑袋。他肯定思考了好多天，才编造出这个让我听了马上就对他心灰意懒的故事吧。

美绪子始终记取上一段失败恋爱的教训，下定决心除非遇到打从心底里温柔相待的对象，否则绝对不谈恋爱。这样的她花了整整两年时间，一边保持同部门上司和下属的关系，一边仔细观察，最后终于决定选择交往的对象，就是与田治人这个男人。

很难相信这样的人会突然做出背叛自己的事。

一定有什么非常特别的原因，让他非得编出这么荒诞无稽的故事不可。比方说，遇上毫无预期的麻烦事，一心为了避免将我卷入其中，所以只好编出这种故事？

回过神时，美绪子洗碗的手停了下来，只有水哗啦哗啦不停地流。

美绪子急忙将碗盘冲干净，关上水龙头。

这个瞬间，激烈的风雨声撞进耳朵。什么时候开始下的雨？

与田能在被雨淋湿前回到公寓吗？

美绪子不假思索地隔着料理台朝墙上的时钟望去。他离开还不到三十分钟。

3

风雨声直到天亮才停歇。

一夜未眠，坐在客厅桌前望着电视发呆，眼看时间溜走。有时她也走到窗边往外看，斜打在窗上的雨始终没停过。

钻进棉被时，已是发白的天光透过窗帘渗进屋子的时刻。侧耳倾听，雨势似乎小了许多。

美绪子躺在床上想，这是第二次产生这种心情了。

突然遭到暴力相向，动手的男人还丢下她离开的那个晚上，也像现在这样一整晚睡不着，直到天亮。

眼泪都哭干了之后，天亮时她竟然发现自己希望男人回来。

三天后他回来了，美绪子什么都没说就接纳了他。

再也不会有那种事，那只是一场突然将两人卷入的暴风雨。男人信誓旦旦地说着“今后绝对不会再动手”，如果不去相信他的话，自己和他都会反被那场噩梦所困——就像这样，她为了让自己的行为合理化而扭曲现实，并为这愚蠢的过错付出莫大的代价。

直到现在，被男人用椅子砸成骨折的肋骨，一到冬天还是会隐隐作痛。不停忠告自己尽早和男人分手为上的挚友，也依然联系不上。

问题到底出在哪里，现在的美绪子已经很清楚了。

打定主意对讨厌的事视而不见；至于对人的判断基准，则是只看自己能否接受对方；从来不主动与现实对抗，也不曾强行打开谁的心门，或是抱着试图改变对方的态度去建立关系。正是这样的消极与懦弱，才造成最后总是把决定权交给别人的走钢索人生。

这次绝对不能再这样了。

自己的人生，只能靠自己亲手掌握……

在不断这么对自己喊话之际，困意来袭。

醒过来时，雨声已经停了。

时针指向十一点。虽然才睡不到五个小时，却觉得睡得好熟，心情也振作许多。

走下床，拉开卧室的窗帘，刺眼的阳光一下子照进房子。抬起头，窗外是万里无云的辽阔天空，台风过后的晴日。

美绪子匆匆整理仪容，走到屋外。

走到荻洼车站不用十分钟，搭上十一点四十八分开往池袋的电车，在中野坂上换车，改搭往方南町的电车。

十二点十二分，抵达方南町。

从一号出口出去，沿着环七线走一小段路，左转拐进一条小路。

美绪子已经很习惯这条路径。顺着中学旁弯弯曲曲的坡道走个七八分钟，踏上善福寺河上的小桥，过了桥再走五分钟，就能抵达与田住的公寓“Prestige 方南町”那宽敞气派的入口。

这栋大楼公寓虽然是二十多年前盖的，第一次造访时，豪华的装潢依然深深吸引了美绪子的目光。

原以为与田家境大概相当富裕，后来才知道这是拿公司支付的 DCV 发明红利，加上当年的积蓄，靠自己买下的房子。虽是约莫十二年前的事，但当时的房价仍将近一亿日元。除了十二坪[1]半的客厅及餐厅外，另有三个房间，占地足足有一百四十平方米。考虑到房子所处的地段和状况，即使买的是二手房，这间房子仍充分对得起这个价钱。

与田在公司里的地位很特别。

最初，以研究人员身份进入公司的他，有好几年的时间都待在横滨的技术中心，从事与影像技术开发相关的研究工作。进公司第三年，他二十八岁的时候，和另一个工程师共同开发了可搭载于液晶电视的划时代影像处理技术，也就是 DCV（Digital Clear Vision）。

现在，全世界的高清电视都搭载了这种 DCV 技术，专利金也为公司带来庞大的收益。

与田他们获得名为职务专利奖励金的红利奖金，金额高得甚至令人怀疑是否合法。然而，只要想想 DCV 技术层面的价值，也

1　日本传统面积单位，1 坪≈ 3.3 平方米。

就没什么好诧异的了。

DCV 发明至今已十几年，直到现在，公司除了薪水之外，还会另外支付与田专利奖励金。他说金额每年不同，但都不低于五百万日元。

与田从京都大学工学部毕业后，前往加州理工学院留学。结束为期两年的留学生活，于回到日本的隔年进入公司，当时他二十六岁。

三十二岁时，他脱离研究工作，转调东京总公司。

美绪子进入新宿总公司工作，是在那之后三年的事。她刚进公司时，DCV 开发者与田已经是公司内的传奇人物了。

关于他的传闻，最常在公司听到的，就是他拒绝赴美工作，选择在总公司上班的事。三年前，他之所以会从人事主管降调为宣传主管，据说也是因为再次拒绝赴美工作。关于这件事，美绪子曾向他本人确认过。

“身为人事单位的负责人，怎么能对自己的人事命令表达不满呢？”

与田这么笑着承认。

“你为什么那么抗拒去美国？”

美绪子问。

“我不太喜欢那个国家，去过一次就够了。”

那时，他是这么回答的。

不过，现在想想，总觉得这句话不能只从表面解读。

穿过红砖砌成的大门，沿着石板小径往公寓大楼玄关走去。才刚踏入公寓范围一步，立刻被一股仿佛穿越小型森林般的静谧气氛包围。周遭的喧嚣转眼消失，围着建筑物种植的大量树木，令空气中充满新绿的气息。

由于地势稍高的关系，从五楼的与田家中就能远望周遭景色，采光也很充足。

来到宽敞的玄关，美绪子从包里取出备用钥匙。与田把钥匙交给美绪子有半年了，到了最近，一星期中她有超过一半的时间都在这里度过。对她而言，这栋公寓感觉已经和她自己家没什么两样。

用钥匙打开自动上锁的大门，走进大楼。

宽敞的一楼大厅铺着米色厚地毯，延伸到中庭的大窗前，隔着充分的间距摆放了三套黑色皮沙发。

美绪子并未直接走上五楼，而是走向中间那套沙发，在看得到玄关位置的单人沙发上坐了下来。

时间是十二点二十五分。

与田会在家吗？昨晚他冒雨回来时已经很晚了，现在还在家的可能性很大。他正和昨天下午突然来访的前妻在一起吗？照他昨晚的说法，她应该会暂时住在这间公寓里。

直到上周，那个家还是与田和自己半同居的地方，眼前这一刻却有其他女人在，这样的事实令人难以置信。如果是真的，无论如何都无法原谅。

只不过，凭着一股怒气来到这里，一旦要杀进屋内时，美绪子又不禁胆怯了起来。

到底该用什么态度面对那两个人才好？

对那个时隔三年又“回来了”的前妻该说什么才对？

自己身处的状况实在太跳脱常理，想思考都不知从何思考起。

“总之，”美绪子如此喃喃自语，“如果那真的是他的前妻，总之，只能先带他离开这里。”

尽快整理好他的行李，把他带回自己家吧。在那个女人离开之前，决不让他再回来一次。

勉强能想到的，只有这个办法了。

手表的指针刚好指向十二点半时，她从沙发上起身。

玄关另一头充满明亮的光，显得这一头的大厅更加昏暗。

没有人进出，总是守在大厅柜台后方的年轻警卫也不知为何不在位子上。

美绪子现在的心情，就像孤身一人深入敌阵。

4

拿着备用钥匙犹豫了一会儿，最后还是没插入锁孔，直接放回包里。

一个深呼吸后，按下门铃，隔五秒钟再按一次。

心跳加速，喉头像哽着什么东西。为什么自己非得承受这种滋味不可，委屈与不平使胸口更闷。

“来了。”

门后传来这样的应门声。

那声音传入耳中的瞬间，美绪子忍不住重新确认了一次门牌。

“505YODA[1]”，没有错。

听见逐渐靠近玄关的脚步声，以及门锁往上拉起的声音。连一声“请问哪位”都没有，门就突然打开了。

要是对方真的隔着对讲机询问来者是谁，自己又该怎么回答？凭什么非得对着门板像个外人似的自我介绍“我是佐伯美绪子”？还沉浸在团团转的思绪之中，那人已突然出现在眼前，美绪子脑中一阵混乱。

那个短发、纤瘦的女人，正用疑惑的眼神往这边看。

美绪子发不出声音，只能无言地回望对方。

昨晚他说的竟然是真的……

这女人几岁了呢？与田是二十五岁结的婚，就算对方年纪比他小，顶多也只小个两三岁吧。这么算起来，就是四十岁左右啦。可是，光从外表来看，她给人的印象只有三十五岁左右。

“你该不会是美绪吧？”

对方先开了口。

“我是美绪子。”

勉强挤出声音回答。

“我就知道！”

说着，她咧嘴一笑。

1　YODA 是“与田”的日文发音。

“欢迎，请进！”

门大大敞开。女人身上穿着白T恤和破旧的牛仔裤，打扮得很简朴。看清楚她的全身后，就发现她没有自己第一眼以为的那么娇小，身高应该跟自己差不多。

“请问，治人在吗？”

美绪子这么说着，站在原地没动。

“刚才出去了。应该是去你家了吧，他从昨天就一直很担心你。”

“是吗？”

既然如此，或许现在就该转身回荻洼，美绪子差点就要仓皇逃跑。

“不过，没关系啦，他应该很快就会打电话或直接回来了吧。你不如先进来吧，我正好有些话想找美绪你说说呢。来吧，请进请进！”

美绪子看着那张笑脸心想：“你少在那里美绪长、美绪短的，我们很熟吗？”然而，奇妙的是，她心里并不真的那么反感。至少，对方给人的感觉和她想象的那种人不同。

两人走进宽敞的客厅，隔着用强化玻璃制成的大餐桌相对而坐。

没想到，光是多了一个陌生人，这里就变成和自己无关的地方了。

“你已经知道我叫什么名字了吗？”

依然一脸亲昵的笑容，女人这么问。

“是奈津小姐吧？”

昨天第一次从与田口中听到这个名字。

“对，奈良的奈，大津的津，奈津。全名是松原奈津，松树的松，原野的原。”

“松原奈津小姐……”

这么说来，与田的确没提过她的姓氏。

冷静下来之后，美绪子直勾勾地打量着奈津的脸。

不管怎么说，她的脸很小。而在那张小脸上最吸引人的，就是那双黑眼珠特别大的眼睛。怎么会有眼睛如此闪闪发光的人。

“因为哈姆说要带美绪你来，我昨天等了好久呢。结果最后却只有他一个人回来，害我好失望。太好了，今天可以像这样见面。”

你跟我说这个做什么。美绪子心想。

万万料想不到，竟然会在与田不在的时候，像这样和她单独见面。不知道该说什么才好。

“抱歉呢。”

结果，奈津这么说。

“给你添了好大的麻烦，真的对不起！”

她又说了一次。

“为什么是你道歉？”

看到她轻言抱歉的样子，美绪子终于抓准内心的情绪了。

这个人到底有什么权利待在我们的这个家里？

“你说给我添麻烦，可是你真的知道自己做了什么令我困扰的事吗？”

没办法不顶她，无论如何就是忍不住。

听到这句话，奈津露出狼狈的表情。

“可是，哈姆什么都没告诉我啊。”

笑容终于从她脸上消失。

“你真的每隔两三年回来一次吗？”

如果是真的，就表示奈津过去曾一直回来这个家，因为与田买下这栋房子已经超过十二年了。美绪子再次体认到这个事实，忽然一阵心寒。与田一直在骗我——这个念头令她激动起来。

“我也记不清了。不过，大概就是这样吧。”

“你为什么要做这种事呢？你们不是早就已经离婚了吗？”

“话是这么说没错啦……”

奈津露出无奈的表情看着美绪子，似乎对这意想不到的发展感到不知所措。

“过去连一次都没发生过这种事吗？”

“这种事？”

奈津讶异地反问。

“就是有个像我这样的……”

美绪子说到这里吞吞吐吐了起来。

“哦哦。”

奈津发出恍然大悟的声音。

“没有没有，因为哈姆一直没有女朋友啊。”

奈津再次浮现笑容。

那笑容令美绪子语塞。

奈津为什么称与田为“哈姆”？一开始还以为她说的是“阿治”[1]，仔细一听，她的发音确实是“哈姆”。或许一开始称他阿治，后来在不知不觉中变成了谐音的哈姆吧——美绪子默默思考着这件事。

“那个啊，美绪子小姐。”

奈津忽然凑上来说。

“请不要太生气，先听我说好吗？”

“我没有生气。”

“才怪，你明明气得很。”

说着，奈津深深窥视着美绪子的眼睛，漆黑的双眸晶莹剔透。

“在我昨天来到这里之前，完全没听过任何有关你的事。过去哈姆从未有过女朋友，我还以为可以像过去一样借住，所以才来的。结果，一来他就跟我说：‘小奈，我有了喜欢的对象，打算和那个人结婚。’我吓了好大一跳。我跟他说：‘那太好了。’他就说：‘我想把她介绍给你，等一下我可以带她来吗？’然后，哈姆就去接你了。”

奈津断断续续地说着，一开始美绪子觉得她很没礼貌，听久了之后才发现，那似乎是她原本的说话方式。

“你跟我见了面后又打算怎么做？”

美绪子说。

1　日语中“治”的发音为HARU，音近哈姆。

“没打算什么啊，只是想打个招呼，因为暂时要叨扰了。”

就像是没有血缘关系的兄妹——与田这句话浮现在脑海。

“你觉得我会答应吗？”

“我不知道啊。怎么说呢，不过我和哈姆就不是那种关系，男人和女人之间有没有什么，只要实际见了面，马上就能明白了，不是吗？我只是想说，如果美绪子能谅解的话，住在一起也没关系啊。既然是哈姆看上的人，一定不会是坏人。”

“住在一起？”

美绪子不懂奈津的意思。

“对啊，三个人一起住一段时间嘛。我觉得哈姆一定也这么想，虽然从没向他确认过。”

“什么啊？这是什么意思？！”

简直叫人傻眼。

“可是，我现在知道那是不可能的啦。昨天哈姆一个人回来时我就知道了，今天看到你的表情，更是完完全全明白了，你当然不会愿意吧。”

美绪子轻轻点头。

既然如此，你会马上搬离这里吧。美绪子这句话差点脱口而出，终究还是吞了回去。在那之前，她还有几件事想弄清楚。

“你为什么会跑来前夫的家，更何况是十五年前离婚的前夫？”

与田说过，奈津当年在生日当天留下离婚协议书，擅自离家出走。那样的人，为什么会做出这种事？

“我也不知道，为什么呢？”

奈津喃喃低语，仿佛从未思考过这个问题。

美绪子突然灵光乍现，正因为是擅自离家出走的人，所以才会擅自回来吧。

“你真的不是还想跟治人藕断丝连？”

这是最想确认的一点。

“怎么可能？”

奈津付诸一笑。

“那到底是为什么？”

“我想想啊……”

奈津的目光从美绪子身上移向左手边的窗户。

从刚才开始，近乎刺眼的光便透窗而入。梅雨明明还没开始下，这阳光倒澄澈得像在昭告梅雨季节已经结束。

“我举目无亲，也因为一直独自旅行，所以完全没有朋友。可是啊，在各地流浪久了，某个瞬间会突然觉得好累。那种时候，我就会回来这里，该说是休养生息吗？反正哈姆总是由着我这么做了。到目前为止，哈姆都不曾拒绝过，也没表现出觉得困扰的样子。”

凝视窗外的眼睛眯得细细的，奈津的语气听起来完全不认为这有什么问题。

5

和与田约好，在新干线车厢里会合。

他的车票已预先用信封装好，放在公司里他的办公桌上了。那是昨天的事。

下班时确认过，信封已不在原位，想必他收起来了。

趁着周末前往京都与奈良来次三天两夜的小旅行。

这一年来，两人已不知租了几次车，前往北关东的温泉地或东京近郊名胜旅游了好几次。不过，这还是第一次踏上关西，也是第一次在外住两个晚上的旅行。最重要的是，就算只有星期一一天，两人同时请假也是前所未有的事。

美绪子和与田交往的事，宣传部的同事大概都知道。尽管两人都不曾正式对外公开，但交往不到三个月时，与田就不再隐瞒了。不但上班时间毫不避嫌地打内线电话过来，还会不时约美绪子一起吃午餐。

两人单独在办公室的角落谈话，或一起外出用餐的次数一多，任谁都会发现吧。美绪子也已对较常往来的同事坦承。

即便如此，两人至今连一次也未曾同时在宣传部的白板上贴上“休假”磁铁。

以目前两人的关系，是否该踏上这场形同无法回头的冒险之旅，美绪子不是没有踌躇过。

然而，终究还是按照预定计划展开了这次的旅行。订饭店和车票的工作向来交给美绪子处理，这次也是她订了饭店，买好车票。

他们搭的是九点十分从东京出发的希望 19 号列车，抵达京都的时间是十一点二十七分。

这或许是最后一次的旅行了。这么一想，美绪子豁出去订了绿色车厢[1]。

就算与田不来，美绪子也打算独自完成旅程。如果一个人偷偷哭的话，还是绿色车厢比较适合。

美绪子待在候车室打发时间，直到发车前的最后一刻才冲上月台，搭上即将开动的希望 19 号。

一方面无法承受独自等待可能不会来的与田，一方面也不确定自己是否有勇气坐在空无一人的座位旁直到发车。

推开 9 号车厢的门，眼神飘进空荡荡的车厢中央。车票上标明的位置是 8C。

与田带着不安的表情弯腰站在那里。

视线落在他身上的瞬间，美绪子几乎要哭了。

在公司里，两人的座位虽然是并排的，但这一星期以来别说没有交谈，连眼神也不曾对上过，更别说到彼此家里去了。

星期天和奈津道别后，美绪子先去吉祥寺尽情购物，吃过晚餐后才回荻洼。与田似乎一直在屋里等不接电话也不回短信的美绪子，直到再也等不下去了才离开。

1　日本国铁及 JR 列车中，比普通车厢更舒适的高级车厢。

“看到这个请与我联络。昨天是我不好，我很担心你。”

看到他留下的这张字条，美绪子写了条简短的短信：“请暂时让我一个人想一想。别担心，我很好。”

之后，对与田打来的电话或短信便再也不做任何回应。

直到昨天，美绪子把装了新干线车票的信封放在他的办公桌上。

一看到美绪子靠近，与田就让出通道，示意她坐靠窗的座位。

美绪子看了他一眼，意思是“你不坐里面吗”。

“这样你才不会跑掉啊。”与田用认真的表情这么回答。

美绪子一坐下来，他也跟着在旁边坐下了。

“害我捏了一把冷汗。”他说。

“还以为你不来了。”他又补上这么一句。

列车开出东京车站的月台，开始加速。不愧是绿色车厢，座椅宽敞舒适，坐起来非常舒服。

美绪子默默望向窗外。与田也不再说什么。女性随车服务员送上湿毛巾，两人各拿各的，查票时也分别出示车票。与田时不时偷瞄美绪子的表情，她坚决装傻到底。

车内贩售的推车经过时，与田叫住了服务人员。

“请给我两份便当，还有啤酒……”

这时，他转头问：“你也喝啤酒吗？”见美绪子摇头，他便改口说：“那，请给我两瓶茶。”

“你想喝就喝啊。”

美绪子忍不住开口了。与田露出“终于逮到机会了”的笑容。

“那，一大罐啤酒，一瓶茶，再要一个垃圾袋。”

他从裤子后面的口袋里抽出钱包，拿出千元大钞。

与田帮美绪子放下前方椅背上的折叠桌面，把幕之内便当和宝特瓶装茶饮搁了上去，接着放下自己面前的桌面，迅速拉开罐装啤酒的拉环。

他先打开便当包装，不久，美绪子也打开了自己的便当。

两人默默进食。

美绪子斜眼一瞥，与田正吃得津津有味，还不时咕嘟咕嘟灌下啤酒。看那个样子，仿佛好久没吃东西似的。

“这几天吃饭怎么解决的？”

和刚才一样，回过神时这句话已脱口而出。

话才出口美绪子就后悔了，明明想知道的不是这种事，脑中浮现出与田和奈津在那个家里围着餐桌吃饭的情景。

“奈津昨天就走了。”

没有回答问题，与田这句话说得倒是干脆。

“这次刚好住了一个礼拜，刷新最短纪录。”

一如往常的淡然语气。

听见奈津的名字时，美绪子心头一紧。

“我和美绪子见面的事，就当是我们之间的秘密吧。”

这虽是奈津提议的，但她真的会遵守约定吗？就算不说，与田难道察觉不出来吗？

“这样啊……”

美绪子喃喃低语。

“这下没有两三年是不会回来了，得在这段时间内想办法解决这个问题才行。”

“想办法解决？”

美绪子放下筷子问。

“嗯。如果将来要和你住在一起，就不能再像过去那样了吧。这次的事让我深切体会到这一点。”

哪有什么解决的办法。再说，为什么就非得找什么解决的办法。与田说的话依然有令人难以释怀的地方。

不过，那天和奈津本人单独长谈之后，对于他俩之间的奇妙关系，美绪子自己的心情也有了改变，不再像原来那样一心想判他有罪了。

相较之下，更让她深深惊觉的是，对于坐在身边这个叫作与田治人的男人，自己根本一点也不了解的事实。

不只奈津，还得更深入了解与田才行——美绪子产生了这样的念头。

“你和之前的太太是在哪里认识的？”

美绪子一边重新拿起筷子，一边这么问，尽可能不提起奈津这个名字。

“在一个小酒吧里捡到的。”

“捡到的？”

“对啊，听起来虽然很像捡到流浪猫什么的，但是老实说，我和她的相遇就是那么一回事。那时她就已经一直在旅行了。”

“那是什么时候的事？”

美绪子斟酌时机，接着发问。

“我还在美国的时候。”

相当出乎意料的答案。这么说来，奈津那时也在美国。

“怎么认识的？”

“她在帕萨迪纳一家爱尔兰酒吧打工啊。我刚好去了那家店，就这样认识了。帕萨迪纳就是 Caltech 的所在地。”

与田一一仔细地回答了美绪子的问题。或许，他是想借由展现这样的诚意，来试着修补两人之间严重的裂痕吧。他说的 Caltech，就是加州理工学院的简称。

“她一边打各种零工，一边在整个美国旅行。认识我的时候，她在洛杉矶的语言学校有个有名无实的学籍。洛杉矶和帕萨迪纳距离很近。”

“这样啊。”

这么说来，两人相识于与田留学时期，之后一起回国成为正式夫妻的吧。

“那已经是很久以前的事了。”

说完这句话，与田把剩下的便当吃光，重新整齐地包回包装纸，并把空盒装进塑料袋。啤酒似乎也喝完了，他连罐子一起塞进了塑料袋。

美绪子一边反复思索与田说的话，一边挑起自己便当里的饭粒。

与田沉默了好一会儿。

“这么说，你或许又要生气了……”

他忽然开了口。

“其实我是有点尊敬她的。”

美绪子再次停下筷子，朝他望去。难得看到与田有些脸红的模样。

“尊敬？”

又是简短的反问。

“嗯。”

点点头，与田把椅背向后放倒。

他的眼神宛如凝视虚空，缓缓说了起来。

“我认为，这个世界上有不少人无法安定地待在一个地方。以前这个国家也有很多这样的人，如今世界上还是有许多这样的人。比方说，流浪汉可能就是其中一种。现在这个国家每年有超过八万人失踪，其中一定有几成是这种人吧。而我是这样想的，他们或许代替了我们，为我们背负了孤独也说不定。

“我们能姑且在一个地方安定下来工作或建立家庭，都是拜他们所赐，是他们活在与我们相反的一边，为我们保持了平衡。

“奈津就是其中一个这样的人。我总觉得，她是代替我承受孤独的存在。从相识的时候开始，我就没来由地这样觉得。所以，结婚一年后，她离家出走时，我反而有种松了一口气的感觉。哦哦，原来我们这样就行了，这种关系才是我们原本该有的面貌。毕竟连我自己都打从一开始就不相信能和奈津共筑家庭，一起生活……”

说到这里，与田停下来转向美绪子。脸还有点红，仔细一看也透露出疲倦的神色。

“奈津她啊，是个像阿寅一样的人。”

与田露出觉得好笑的表情说。

“阿寅？”

“就是那个游手好闲的阿寅啊。渥美清主演的那部电影[1]，你没看过吗？”

“看是看过啦。”

“那个阿寅，就是让人恨不下去，总觉得他身上有某种真正的人性吧？奈津给我的就是那种感觉。”

与田的语气，像是在说服他自己。

这么说来，我们不就像是阿寅的妹妹和妹夫，总是被那异于常人的哥哥耍得团团转？美绪子心想，哪有这种蠢事。

6

抵达奈良时，天气已经放晴，天空万里无云。

昨天，京都下了一整天的雨，走到哪儿都得带着雨伞。今天早上离开旅馆时，天色看起来还像随时可能下雨。因此，当两人走出近铁奈良车站，灿烂的阳光洒了满身时，心情就像被欺骗了似的。

1 日本《男人真命苦男**はつらいよ**》系列喜剧电影的主人公车寅次郎。

“这可真是出乎意料。”

与田眯着眼睛嘀咕道。

车站前的喷水池，飞溅的水花在日光下闪闪发光。

喷水池中央的圆锥台座上，竖立着行基高僧的铜像。

这就是著名的行基像啊，美绪子心想，比想象中的小。

喷水池旁，站着两个托钵僧。

与田立刻从裤袋里拿出钱包，把零钱放入看似僧人的男人们手里的钵。在京都时也遇过好几次托钵僧，每次他一定会停下来喜舍布施。

“那些托钵的人，其实也不知道是不是真正的和尚吧？要是正值大冬天，还可以用是不是赤脚穿草鞋来分辨，可是现在这个季节，就算打赤脚也没什么。”

昨天，不知道遇到第三个或第四个托钵僧时，美绪子忍不住这么说。

“那种事一点也不重要。”

与田将这话题轻松带过了。

“不管是真正的和尚还是假扮的和尚，不知怎的，我就是欣赏那种站在路边化缘修行的人。”他这么说。

今天住宿的地方是奈良饭店。由于很早就想来住一次看看，美绪子便订了这里的房间。以饭店为目的地，两人沿着细长的拱廊商店街朝奈良町方向走去。因为事前用手机里的 Google 地图搜寻过，所以没有迷路。

原本以为毕业于京都大学的与田，理应对奈良也很熟悉，没想到全然不是那么一回事。

“学生时代只来过两三次而已啊。”去程的电车上，他这么说。

昨天一整天，都是与田的“青春遗迹巡回之旅”。

在钟塔纪念馆里的餐厅吃过午饭后，两人先漫步于小雨中的京大校园，再前往与田学生时代常去的金戒光明寺和真如堂。又去了他经常泡的小咖啡店喝咖啡，再逛到哲学之道。原本还想去一趟银阁寺，可惜真的走得太累了，只得拦一辆出租车，去北白川找与田学生时代住了四年的公寓。

惊人的是，那间公寓完整保留了当时的外观。

与田抬头望着建筑物，不由得感慨万千地说：“都超过二十年之久了啊！”

他说以前住的是二楼正中央的房间，两人便走进公寓，上了二楼，一直走到房门前。门是换过的，墙壁和走廊好像也重新装潢过。不过，与田还是朝门上的名牌望去。

“还有人住在这里呢。”与田轻声说。

“说不定现在打开门，会看见年轻时的治人走出来呢。”

美绪子这么一说，与田就用不像开玩笑的语气回她：“说不定真的有这个可能呢。”

穿过东向商店街、饼饭殿街和热闹的小巷，走到奈良町中央附近，往奈良公园方向左转，继续沿小路走五分钟左右，就能看见奈良饭店古朴的本馆了。这栋具有历史性的建筑，出自建筑师辰野金吾之手。

把行李寄放在柜台，美绪子和与田随即再次外出。

美绪子去过京都好几次，奈良却是第一次造访。

“学校参观旅行时没来过吗？”

与田似乎难以置信，可是，美绪子就读的是新潟市内的女校，从初中部直升高中部，初中时的参观旅行去的是九州，高中则去了新西兰。聊到这里，与田忽然感叹地说：“美绪高中的时候，我已经三十岁了。”

美绪子说：“此行最想看的是东大寺的大佛。”

“不错啊。”

与田也兴致勃勃，两人随即横越广大的奈良公园，开始朝大佛走去。他说：“大学毕业后就没来过奈良了。”

两人从鸟居进入奈良公园，经过左手边的国家博物馆后，朝南大门方向前进。公园里一大片绿油油的草地，到处都有鹿悠闲地走来走去。美绪子去过一次严岛神社，那里的鹿群也很惊人，这里的数量跟严岛相比真是小巫见大巫。

美绪子买了鹿仙贝，立刻招来成群的鹿。鹿群一拥而上，看到长有大角的雄鹿时，她忍不住逃跑了。结果，雄鹿追了上来，一口抢走了美绪子手中的鹿仙贝。听到美绪子夹杂着哀号的欢呼声，与田哈哈大笑。

走在通往南大门的笔直大道上，不用说，这里也到处都是鹿、鹿、鹿。这天又是梅雨季中难得放晴的星期天，整条路上都是观光客，好不热闹。

美绪子买了三次鹿仙贝，喂给鹿吃。

通过挂着“大华严寺”巨大匾额的南大门，前方就是大佛殿，佛殿内挤满了人。人群之中，依然到处都是我行我素的鹿。

“话说回来，在天下独尊的大佛脚下，人与鹿这样混在一起，还真是一幅杰作。”与田愉悦地说。

巨大的南大门在长年风吹雨打下，出现不少损伤。

“差不多该动手修复了吧。”

“幸好赶在修复前来了呢。”

两人一边交谈着，一边从门下穿过。

大佛殿和大佛都只能以巨大来形容。

“好惊人哪。”两人并肩仰望，美绪子这么说。

“这么大的大佛，一定能为所有人实现愿望。”与田也点头说道。

走出大佛殿外，右侧寺檐下摆着一座奇特的佛像。两三个人聚集在那里，朝佛像伸长手臂。靠近一看，那是头系红头巾、身穿红袍的诡异木雕。大大的脸、大大的眼睛、大大张着的嘴巴，表情挺吓人的，看起来并不是佛像。

“这是东大寺的宾头卢尊者吧。”

与田这么说明。美绪子第一次听闻。两人钻过人群，一起挤到雕像下方。走到近处抬头看，更觉雕像巨大。

贴在台座上的牌子，是这么记载的：

佛弟子，为昔日如来菩萨修行过程中十六罗汉之首。擅长说法，被称为“狮子吼第一”，具有神通力，曾受释迦训斥，为其弟子。关于宾头卢尊者有种种传说，根据这些传说，宾头卢尊者在中国被视为圣僧，将其像置于斋堂中。日本则将其像置于伽蓝前，一般相信患病之人抚摸尊者身上与患部相同部位，即可痊愈。据此信仰，又称其为“抚佛”。

与田一边嘟哝“原来是抚佛啊”，一边伸出右手，专注地抚摸盘腿而坐的尊者左膝。虽说信仰内容是“抚摸尊者身上与患部相同部位”，但因为尊者雕像实在太过高大，即使伸长了手，顶多只能摸到膝盖。

美绪子也学与田伸长手，抚摸雕像另一只脚。

或许因为人人皆为大佛而来，竟然很少有人靠近这座雕像。

“每次来到这种人多的地方，我都会想……”

与田恭恭敬敬地摩挲尊者的左膝，嘴上这么说。

“即使是这种地方，只要过个半天，就连一个人也没有了。”

美绪子不懂与田想说什么。

“举例来说，像这位宾头卢尊者好了，再过十个小时也得落单。别说他了，就连大佛殿里的大佛也一样。入夜之后，这附近会被黑暗完全吞没，不管是宾头卢尊者也好，大佛也好，只能一动也不动地坐在这个地方。无论下雨还是下雪，甚至是刮台风的日子，再怎么热或再怎么冷，每个晚上，他们都只能坐在伸手不见五指的静默之中。”

与田不断抚摸宾头卢尊者的膝盖。

“像这样闭上眼睛，我总觉得好像也能窥见一丝那样的时间。在漆黑夜晚的支配下，深夜之中，与白天完全不同的时间在这里诞生。”

闭上眼睛，与田兀自说着这番话。

“换句话说，无论何时，我们所知的永远只是半个世界。这么一想，我就觉得心里充满难以言喻的哀伤。”

他这么说。

7

第一次和 DCV 的共同开发者沼泽清一交谈，是在结婚典礼的会后宴上。沼泽喝得醉醺醺的，硬是挤到正在和朋友说话的美绪子身边。

这几乎等于是和沼泽的第一次见面。

婚宴上，新人逡巡各桌点蜡烛时，与田曾在美绪子耳边轻声介绍“这位就是沼泽先生”，当时她只轻轻点头打了个招呼。美绪子之前看过他和与田的合照，只是现在的沼泽比照片里胖了许多，头发也稀疏不少。因此，一开始还没办法把脸和名字联系起来。

在获得 DCV 专利权，和与田一样从公司那里拿到高额奖金后，沼泽就辞去工作，自己开了一家公司。那已经是十几年前的事了。后来他的公司经营不善，在几年前倒闭。再后来，他又开了一家小型公司，再次倒闭，一路不断重复这样的过程。为了换钱还债，他拥有的那份 DCV 专利权，早就被公司买走了。

这些都是与田告诉美绪子的。

不过，与田每次都会说沼泽是个“了不起的工程师”。

“其实 DCV 等于是沼泽先生一个人做出来的东西，我不过是提供了几个临时想到的点子，剩下的开发工作都是他完成的。我只是托他的福罢了。”

看到这样的沼泽自行创业后，人生一路走下坡，与田似乎很不忍。

“太太，恭喜你们啊。哎呀，你真是非常幸运的人呢。不管怎么说，能和与田治人那个男人在一起……”

听在美绪子耳中，沼泽话里似乎带有一丝嘲讽。

“我常听治人提起沼泽先生您的事。”

不过，美绪子在心中告诉自己，不可能有那种事。

“哦哦，他说了我什么？”

没记错的话，沼泽年长与田至少十岁，今年应该五十多岁了。身穿深蓝色的西装，系白色领带，有一圈啤酒肚，就是这个年纪该有的模样。

“他总是说，DCV 的开发工作，全都是沼泽先生一肩挑起的。”

美绪子话才说完，沼泽就发出名副其实的哈哈笑声。

“他这么说吗？哎呀，果然很像与田会说的话。”

笑了好一会儿，他才说：“太太，事实正好相反，他真是会胡说八道。”

说这句话时，沼泽的表情很严肃。

“大家都知道，DCV 这种技术，可以将电视台送出的影像信号呈现得更精密细致。这种技术的核心，正是来自与田提出的划时代的创意啊。当时，我的研究始终没有进展，他一定是看不下去了吧。那天他晃进研究室，把那个惊人的创意告诉了我。他是这么说的：‘沼哥，用电视台旧式摄影机拍的影像，不管怎么修还是有限度。与其把重点放在那里，倒不如这边从头拍摄高画质的清晰影像，一开始就先设定在影像接收机里，只要一接收到相同种类的影像，就从这边全部替换成完美的画质，这样不就行了吗？’老实说，听到他这个创意时，我真的惊讶得下巴都要掉了。当时所有干影像这行的人，任谁也想不出这种颠覆业界常识的做法啊。总而言之，他的头脑好得令人咂舌。太太啊，与田是百年难得一见的天才。一直在他身边一起工作的我这么说，那就一定错不了。”

这些事美绪子从未听与田提过。可是，眼前的沼泽没有理由说谎。

那时，她忽然想到，沼泽或许知道与田坚持不接受调派美国的原因。

试着提出这个疑问，沼泽露出“什么嘛，原来是这件事”的表情，夸张地笑了起来。

“原因很简单啊。他啊，对于和我们这种凡人一起工作，打从心底里觉得麻烦。从横滨技术中心时代起，大家都感觉得到他散发出的这种气息，对他小心翼翼。公司要他去美国，当然是希望他负起整合尖端科技的责任，可是这种事对与田来说，根本就是敬谢不敏，他对这种事已经厌烦到不行了吧。”

沼泽这番话，出乎美绪子意料。在她的想象中，与田之所以拒绝调派美国，是为了留在日本等待不知何时回来的奈津。

“太太，谁都比不上与田这个人。只要和他在一起，怎么说呢，总是会产生自己怎么样都无所谓的念头。好像只有他一个人看得很远，目光透彻，让人忍不住觉得自己像一只在他脚边爬的蚂蚁。我会辞去研究所的工作自行创业，或许也和控制不住这种心情有一点关系吧。”

沼泽这么说完后，又和来时一样，兀自离席，不知道走到哪里去了。

婚礼盛大且美好。听说和奈津结婚时没有举办任何仪式，第一次体验婚礼的与田，看起来似乎也很开心。

然而，不知道为什么，当一切结束，展开平静无波的婚姻生活之后，美绪子频频想起的不是奢华的婚礼细节，而是沼泽清一口中的与田。

8

顺利结束剪彩典礼，社长和董事们直接搭冈山分公司准备的车回了冈山。

这天适逢星期六，美绪子和其他员工于是决定在仓敷车站前原地解散。现在这位社长是做业务出身的，很能通融这类方便行事的做法。

秘书室今天派出来的是主管佐野和担任社长秘书的美绪子。

目送接送社长他们的车离开后，美绪子和佐野先去车站里的咖啡店喝了茶，然后就地解散。佐野让太太和孩子在大阪的老家等着，说是今天打算带他们去环球影城玩。

美绪子落单后，再次走出车站。

美绪子待的公司，最早正是从仓敷起家的。创办人在这里创立纺织公司，后来才将触角延伸到电机行业。今天会来，是因为那位创办人的铜像被立在仓敷车站南口广场，中午十二点举行了盛大的剪彩典礼。出席的公司高层包括社长和他之下的三名董事。当然，目前这些经营高层没有一个出身创办人家族。

美绪子走向北口，而不是举行剪彩典礼的南口。

与田前天去了中国出差，预定后天回国。就算现在赶回东京，这个周末也没什么事好做。

去年十月，与结婚同时，美绪子从宣传部调到秘书室。

与田也从今年四月开始调到经营企划中心，职位是技术开发责任主管，说升职也算升职。只是，接了这个位置之后，往后再被调派美国，可能就无法推辞了。接获人事命令时，与田一脸痛苦至极的表情。

从仓敷车站南口出去，有以整排白墙仓库闻名的美观地区和大原美术馆等景点，美绪子却想先去别的地方。她的目的地，是因经营不善而倒闭的仓敷蒂沃利公园原址，去年改建成此地规模最大的畅货购物商场。从北口出去，就是占地辽阔的 ARIO 仓敷、三井 OUTLET PARK 及仓敷未来公园等休闲购物场所。

昨天上网查过之后，美绪子就打定了主意，今天绝对要在解散后去逛畅货商场。美绪子很爱买东西，只要知道哪里有这种大型商业设施，就一定会去看看。

今天是个秋高气爽的晴天。

时间已是九月底，白天不再那么暑气难耐。尽管这阵子东京也是连续放晴的天气，今天早上下车走出冈山车站时，那种高远蔚蓝的天空却特别不同。美绪子暗忖，不愧是自称“晴天王国”的冈山啊。

走出北口，首先前往三井 OUTLET PARK。好天气又是星期六，站前已是人声鼎沸，热闹得很。

从 ARIO 入口前经过，再走五分钟就可以看见由众多名牌精品店构成的建筑群了。美绪子站在南边的入口前，那里是一处广场，聚集了不少人。

一到假日，这种商业设施总会举办各种活动，吸引顾客上门。

内容大多是刚出道歌手的小型演唱会，或是怪兽表演之类的，有时也会有街头艺人在现场表演。

即使连自己都觉得意外，最近的美绪子，确实养成了看到这类人潮就凑上去看的习惯。

并不认为真会有这么巧的事，只是总忍不住想，说不定会遇到奈津。

她很快地靠近人群。

二三十个人围成圆圈，里面是个头戴黑帽、身穿黑长裤与黑背心的人，正在表演杂技。那人嘴上有一撇卓别林式的黑胡子，乍看之下以为是男人，仔细观察身体曲线，才发现似乎是个女人。

美绪子从左边钻进人群，尽可能地靠近杂技演员。

放在地上的喇叭流泻出轻快的音乐，她正配合节奏上下抛掷五颗球。不只随心所欲地操纵那五颗球，还不时巧妙地伸出右手，将每次点头时滑落的那顶圆帽戴好。那类似哑剧表演的动作，也引来围观者的掌声与欢呼。

美绪子挤进缝隙，一点一点地往第一排移动。

起初只能远远地看，她脸上的妆又浓，实在无法看得真切。然而，“该不会吧”的心情越来越强烈。

抬起头，拼了命似的不断抛出手中的球，那双修长的手臂却又同时保持优雅的舞动，这身影肯定在哪儿见过。

总算挤到了第一排，美绪子的直觉转为确信。

虽然还有点难以置信，但毫无疑问，眼前的杂技演员正是松原奈津。

去年六月，唯一与奈津交谈过的那天——

“一个人旅行是怎么样的呢？”美绪子问。

“没什么，就是那样啊。”奈津似乎不懂美绪子想问什么。

“我的意思是，你靠什么为生？”这次她单刀直入地问了。

于是，奈津说：“其实我啊，是个杂技演员。”

从她口中吐出了意想不到的词语。

“杂技演员？”惊讶之余，美绪子本能地反问。

“你没听过吗？经常会在活动会场看到的那种，用手抛球或抛雪茄盒表演杂耍的人哪。那就叫杂技演员。”奈津的声音听起来有点无奈。

“而且，我还是个挺有名的杂技演员呢。”她笑着说。

接下来，她开始在房间里东张西望，最后看到厨房料理台上的水果篮，从中取出五颗奇异果，立刻当着美绪子的面表演起杂耍。

“哇！”美绪子情不自禁地惊叹。

“怎么样，很厉害吧？”奈津一脸得意。

“杂技果然是和平使者。”她又用感慨的语气这么说。

照奈津的说法，与田并不知道她是个杂技演员。

“为什么？”

“因为他一次都没问过我，旅行的时候靠什么为生啊。那种事他一定不想知道吧。所以，美绪也要帮我保密，别告诉他哟。”

竟然反过来被下了封口令。

奈津离开之后，美绪子曾问过与田一次。

“她和你分手后，到底在哪里过着什么样的生活？”

与田的答案和奈津猜想的一样：“那种事，我刻意没去问她。”

“为什么？”美绪子追问。

“我也不知道。为什么呢？大概是觉得这种事不能问她那种人吧。”

与田的答案真是不可思议。

抛球杂耍结束后，奈津对拍手喝彩的观众深深鞠躬，从头到尾都没有开口说话。

当她再次起身，美绪子往前踏出一步。两人四目相对，有那么一瞬间，奈津露出惊讶的表情，不过很快她脸上就堆满了笑，迎上美绪子的视线。

9

和奈津约好在仓敷车站南口碰头。

“难得要约地方会合，不如就约今天刚剪彩完的铜像前吧。”美绪子如此提议。

“是吗？那里还立了这种东西啊。”奈津说。

奈津说自己上周六刚来仓敷，大概还会在这里表演一个星期。

“七点左右可以吗？”美绪子问。

“可是那样的话，你就来不及回东京了呢。”奈津说着，露出担心的表情。

“没关系，反正明天休假，我也打算在这附近住一晚。要是方便的话，请奈津小姐告诉我你住的地方吧。”

“不行不行，最好不要去住我住的旅社，那里又旧又脏，超乎你的想象。毕竟一个晚上只要两千五嘛。那是美绪这辈子最好都别住的地方。”

并不是嫌麻烦，奈津似乎真的这么认为。

约定七点在铜像前会合后，美绪子便先行离开了。

内心怀有几分忐忑：奈津真的会来吗？和与田成为夫妻的事还没有告诉她，只能趁着她下一场表演的短暂空当简短交谈，她也没问任何关于与田的事。

美绪子走进 ARIO 一楼的 Tully's 咖啡，迅速用手机查询附近的饭店，预约了一家距离南口徒步三分钟的商务旅馆。

话说回来，没想到能在这里遇到奈津，这么一想，胸口又是一阵紧张。

认出奈津之后，美绪子不但没有躲起来，反而上前表明身份。这就是已婚女子的从容吗？这点固然不可否认，最重要的是，认出奈津那一刻，美绪子忽然没来由地怀念，回过神时，她已经向前踏出一步了。

那时就已见识过奈津表演杂技的功力，所以知道这并不是她瞎编出来的事。只是，亲眼看到她在人前以专业杂技演员的身份表演，还是难掩惊讶。

这个人，真的好厉害。

看着她的演出时，美绪子打从心底里这么想。

喝光冰咖啡，从位子上起身。

原本打算当天来回，所以换洗衣物什么的都没有准备。“总之得先购物、购物。”脑中转着这个念头，美绪子走出 Tully's，朝二楼的专卖店街走去。

晚上，和奈津一起去了车站前的全国连锁居酒屋。

在饭店做完入住登记后，比约定时间提早五分钟抵达铜像时，奈津已经到了。

“走吧。”

在她的催促下，两人并肩往前走，一过车站前的十字路口，奈津立刻走进一栋老旧大楼，这家店就在一楼。见奈津毫不犹豫地拉开店门，美绪子急忙跟上去。

踏上店内铺的榻榻米，两人在靠窗的桌边相对而坐。桌下设计成深坑形的暖炉桌，可以把脚放下去。

两人都点了生啤酒，一送上来就先举杯。

“抱歉呢，其实应该去能吃到当地特产的店，可是我对那种事一点概念也没有。”

摊开菜单，奈津这么说。

“请别介意，我还不是一样，刚才把时间都花在 ARIO 和三井了，结果连怀旧街道和美术馆都没去。”

“我也是，虽然到处流浪，倒是很少造访观光胜地。当然，如果有工作可做，哪里都很乐意去啦。”

奈津笑着说。

她叫来店员，点了烤串拼盘、散豆腐、炸甘薯可乐饼、炒面等等。

“你平常吃饭怎么办？”

店员离开后，美绪子这么问。

“当然全都是在外面吃啊。”

奈津说得理所当然。

“所以我啊，完全不会做菜。”

她露出羞赧的表情。

那双眼睛还是那么晶莹剔透，闪着亮晶晶的光芒。

“不吃点好吃的东西吗？”

“那可不行。你想想看，我的收入这么少。总之，每天都得活在刀口上，没办法那么奢侈。”

这么一说，美绪子就想起她现在住的是一个晚上两千五的便宜旅馆。

“美绪子呢，过得好吗？”

对话告一段落时，奈津先问了。

“还好。”

“和哈姆结婚了？”

一点也不拖泥带水。

“对，去年十月办了婚礼。”

“这样啊。”

奈津露出一副不出所料的表情。

“恭喜啊，太好了。”

又这么说。

美绪子不知该回答什么才好，默默地看着奈津。奈津脸上没有一丝阴霾。

可是，美绪子心想：这么一来，这个人再也无法回与田那边了……

去年奈津离开不久，与田曾说“得好好想办法解决这个问题”。可是，在那之后，两人连一次也不曾谈过这件事。双方都小心翼翼地不去碰触这个问题，直到今天。

餐点陆续上桌，奈津也帮美绪子拿了小盘子和筷子。

“吃吧。”

“好。”

咬一口烤鸡肉串。

“好好吃。”

奈津笑了。不知为何，那笑容看在美绪子眼中非常耀眼。同时，她也担心起奈津往后的生活。

去年，两人长谈了一番，最后奈津说：“如果我立刻离开，哈姆一定会觉得奇怪。所以很抱歉，请让我暂时叨扰几天吧。不过，这次不会像过去那样住上一两个月。还有，如果你和哈姆将来在一起了，我绝对不会再回来。”

她是这么说的。

啤酒杯空了，美绪子又点了一杯现榨葡萄柚沙瓦，奈津则点了梅酒加冰块。随着酒意渐浓，两人都渐渐不那么紧张了。

“可以进入提问时间了吗？”

美绪子这么一提，奈津便回答“好啊”。“为什么呢？”美绪子心想，“为什么我会想知道更多关于这个人的事呢？”

“为什么要一直四处旅行？”

还记得上次，这个重要的问题没机会问出口。

“为什么？大概还是因为喜欢自己一个人吧。”

“一直都是孤单一人，不觉得寂寞吗？”

“当然会寂寞啊。可是，一旦习惯了那种寂寞，反而会上瘾呢。上次好像也说过，我从小就没有亲人。这种事，小时候觉得非常痛苦，可是某一天，我发现其实是自己想过这种生活才被生下来的。这种事就是我要的。”

“这种事是哪种事？”

“就是说，和父母兄弟只有浅浅的缘分，始终孤单一人这种事啊。这么一想，心里忽然觉得好轻松，有种被自己说服的感觉。”

“那是奈津小姐几岁的事啊？”

“是几岁呢？是小学三年级或四年级吧，总之差不多是那个年纪。”

奈津带着怀念的眼神这么说。

10

“怎么会这么开心呢？”美绪子心想。

好久没像这样和女性友人天南地北地闲聊了。结婚之后，每天忙于经营夫妻生活，仔细想想，几乎没有机会和学生时代的朋友或公司同事出去吃吃喝喝。

可是，总觉得开心的原因不只如此。

对方是丈夫的前妻，说起来和她之间有某种类似共犯的关系，或许这也占了一大部分原因吧。还有，更大的原因是，美绪子发现，奈津的存在不可思议地解放了自己的心。

“她是代替我承受孤独的存在。”——好久以前与田说过的这句话，在美绪子脑海浮现。

“既然那样，奈津小姐为什么要和治人结婚呢？那不是件不该做的事吗？”

渐渐地，美绪子说话也不再那么拘谨了。

“是啊，虽然那很不像我会做的事，不过说起来就像是为了救人吧。”

奈津又说了奇怪的话。

“救人？”

喝光第二杯葡萄柚沙瓦，美绪子提高音量。

“是啊是啊。哈姆那个男人啊，就像没考上孤独学校的落榜生。”

“孤独学校？落榜生？什么意思啊？！”

奈津说的话，美绪子听得一头雾水。

“意思就是说啊，那个人其实也跟我一样，一直都想成为孤独的人。可是，他又没有做到那个地步的力量。那个人啊，头脑太好了不是吗？而且还不是普通的好。或许该说他是天才吧。这么一来，身边的人不可能放任他不管，他自己也会胡思乱想各种事，直到最后自取灭亡。”

即使奈津进一步做了说明，美绪子还是连一半都听不懂。

与田一直想变得孤独是真的吗？头脑太好，又为什么反而无法成为孤独的人呢？

“一旦习惯了那种寂寞，反而会上瘾呢！”——这次，轮到刚才奈津那句话浮现脑海。

美绪子点了第三杯沙瓦，看到奈津还在小口啜饮第一杯梅酒，忍不住撩拨：“奈津小姐，你是在舔酒吗？别这样嘛。今晚我们两个要喝到天亮哟，就当我来探你的班，今天这餐全部我请客。”

“这可不行。”

奈津立刻反驳。

“不管对方是谁，我最讨厌让别人请客了。今天也是，我从一开始就打算各付各的。”

她这么说。

“不管对方是谁，即使是丈夫也不行吗？”

美绪子仗着酒意，故意用带点挖苦的语气问。

“是啊。”

奈津点头。

“你不是这样的吗？”

难得见她把问题丢回来。

“我嘛……”

美绪子先是这么低喃，一时之间，竟为之语塞。自己又是如何？对于让与田出钱的事，连一次都不曾觉得不对劲吗？

“我也不知道。”

美绪子老实地回答了。她一边回答一边想：“其实我也不喜欢让别人请客。可是，如果对象是丈夫的话……”

“因为我是这种人，所以不适合结婚吧。和哈姆在一起的时候也是，回日本之后只有他一个人出去工作，我整天待在家。那种生活我怎么也过不惯，差不多一年后就离家出走了。”

的确，美绪子也认为，讨厌让丈夫为自己出钱的妻子，想必无法长久维持婚姻生活。

“哎哎，奈津小姐。”

美绪子决定改变话题。

“你为什么叫治人哈姆呢？”

这也是上次没机会问的重要问题。

“你想知道？”

点了第二杯梅酒，奈津不知为何露出别有深意的表情。

“对。”

“该不该说呢，听了之后，你说不定会后悔的，倒不如不要听的好。”

很少听她用这种吊人胃口的语气说话，眼里闪着调侃的光。

“没关系，请告诉我。”

“说得出这种话，是因为拥有身为妻子的自信和骄傲吗？”

奈津说着，自己感到滑稽似的笑了。不过，这是第一次看她笑得这么落寞。美绪子忽然闪过一个念头，自己一定永远无法忘记这个笑容。

“你知道我和他是在哪里认识的吗？”

“在加州对吧？”

“对，当时哈姆在加州理工学院留学，整个人却很忧郁。”

“忧郁？”

“没错。”

忧郁是指什么呢？难道那个与田得过忧郁症？

“那时的他，感觉就像随时可能死掉一样。当时我在帕萨迪纳的爱尔兰酒吧工作，有天晚上，他一个人晃进店里喝多了，那样子一看就知道有问题。店打烊之后，我立刻看出他是日本人，上前跟他说话。结果，哈姆那个晚上就住进我家了。”

和与田说的完全相反，与田说是他“在酒吧里捡回奈津”的。把这件事跟她一说，奈津的回答是：“我想，那时的事哈姆都记不清楚了。我在美国一直学杂技的事，他也全忘光了。不过那时的他非常忧郁，这是事实。”

美绪子不知道该相信哪一方。不过，她怎么也不认为眼前的奈津有必要撒那种无意义的谎。

“哈姆那时瘦瘦的，不管吃什么都吐。好像是学那个史蒂夫·乔布斯吧，来美国不久就开始吃素，结果有点演化成厌食症。他的个性和 Caltech 的校风也完全合不来，总是抱怨那里都是些只有自尊心比人高，脑袋里却什么都没有的家伙。”

没想到与田留学时陷入过这么严重的忧郁……不管美绪子怎么想，都无法从现在的他身上联想到那种情况。

不过，他之所以那么抗拒调派美国，如果是因为有这样的过去，那就难怪了。

“你知道多吃肉对忧郁症有好处吗？”

这时，奈津才第一次把“忧郁症”三个字说出口。

“不知道。”

美绪子摇摇头。

“在遇到他之前，我的前一个男友是意大利人，他经常把这句话挂在嘴上。我想起这个，想尽办法让那人吃肉。可是，他就是吃不下，吃一口就干呕。后来有一天，我自暴自弃地跑去超市买了一大块哈姆火腿排。结果，也不知道哪根筋不对，他竟然把那一大块哈姆吃光了。当然，并不是吃了肉就立刻好转了。总之，从那天起，他的忧郁症状开始逐渐消失。”

奈津接着说：“从此以后，与田治人就变成哈姆了，可喜可贺，可喜可贺。”

她这样做了总结。

十二点过后，两人走出居酒屋。

美绪子好久没喝得这么尽兴，奈津后来也从梅酒改成碳酸酒，大喝特喝了一番。看来，奈津的酒量和自己不相上下。

户外有风，晚风吹在发烫的肌肤上，感觉很舒服。

“旅行生活中，最令你困扰的是什么事呢？”

并肩走在行人稀少的马路上，街灯从身后往前照，两人长长的身影重叠。

“我想想……”

奈津思考了一会儿。

“最痛苦的应该是不能和动物一起生活吧。其实我很想养狗，想带着狗一起旅行。不过，这种事在这个国家完全行不通。说真的，这个国家真够差劲的，真的。”

她这么说。

走了五分钟，前面就是傍晚时已办好入住手续的饭店。不过，美绪子什么都没说，默默从门前经过。奈津应该喝得很醉吧，也不问美绪子晚上要住哪儿。

美绪子打算送奈津回旅社。

又走了一阵子，忽然察觉了一件奇怪的事。

奈津的步伐走得很不顺。不知道是一开始就这样，还是在夜路上走着走着才变成这样的。不过，现在奈津确实以微微拖着左脚的方式走路。

“奈津小姐。”

美绪子犹豫了一下才开口。

“你的脚受伤了吗？”

一开始，奈津盯着美绪子的脸看，似乎没会意过来，接着才随她的视线，朝自己左脚望去。

“哦哦。”

语气像在说“原来是指这个啊”。

“这是旧伤啦。只要用脚过度，或是像今晚这样喝多了，左膝盖就会不由自主地抽搐起来。”

奈津停下脚步，抬起左脚，轻轻前后摇晃，之后又反复弯曲伸直。

“你以前是田径队的吗？”

脑中浮现白天她表演杂技的模样。少女时代的奈津，肯定拥有过人的反射神经与运动神经。

“我没练过田径哟。”

奈津凝视着左膝说。

“这是被哈姆开车撞的。”

从她口中说出了惊人的内容。

“被撞？”

美绪子情不自禁反问。

奈津用理所当然的语气继续说："忧郁症刚好没多久，他就嚷嚷着要去死，半夜冲出了公寓。我急着追上去，正好看他上了自己的车，刚发动引擎。心想这样下去他真的会死，明明不是那块料，我却张开双手挡在车子前面。结果，哈姆他大概是吃了药精神恍惚，就这样踩了油门。情急之下我躲开了，但没能完全躲过，结果这膝盖就被撞烂了。"

美绪子名副其实地失声。各种思绪在脑中奔腾，没有一件事能好好成形。

奈津一脸享受地左右张开双臂，让全身沐浴在夜风中。

"我啊，比起白天更喜欢夜晚，最喜欢这样呼吸夜里的空气了。"

她低声说着，用力深呼吸。

"夜晚其实是非常温柔的哟。"

美绪子想起的，是一边抚摸东大寺宾头卢尊者的左膝，一边说着关于夜晚的时间时，与田说话的表情，还有同一天晚上，他在奈良饭店豪华餐厅里向自己求婚的那一幕。

奈津刚才说过，和与田从美国回来后一直没去工作，整天待在家里。美绪子心想，那一定和这左膝的伤脱不了关系。奈津不是不去工作，是因为受了伤，不能工作。

与田曾说"无论何时，我们所知的永远只是半个世界"。

真的就像他所说，我们知道的，永远只是半个世界。

现在美绪子深深这么认为。

11

在仓敷巧遇奈津，已是一年三个月前的事了。

这天，是岁末年终的十二月二十九日。

中午，美绪子和与田在吃番茄酱意大利面时，电话铃响了。

与田刚好吃完，制止了正要起身接电话的美绪子，自己接起了电话。

“对”“是这样没错”“对，我认识”，与田对电话那端的人这么说，美绪子放下叉子，凝视着紧握电话分机的与田的表情。

事实上，当电话铃响，与田拿起电话分机的瞬间，她心中便已闪过不祥的预感。

“什么时候的事？”

眼看与田脸色逐渐铁青，一定是有亲近的人去世了。

这么想的同时，美绪子也领悟到了，那一定是奈津。

“对，她没有亲人。对，不过我和她十几年前就离婚了，只有户籍放在我家。毕竟她是一年到头都在旅行的人。对，我想那有点困难。我已再婚了，松原小姐对我而言已经是没有任何关系的人。她的父母很早就过世了，听说有一个哥哥，但我没见过，也不知道怎么联络他。对，很抱歉，帮不上什么忙。”

感觉得出与田有点紧张，但从头到尾仍以淡然的语气应答，最后，他将电话分机慢慢放回原位。

美绪子从椅子上站了起来。

“那个人过世了吗？”

直到现在，美绪子依然对与田隐瞒着和奈津见过面的事。无论是第一次找上门来和她见面的事，或是去年九月出差时和她巧遇并共处了一段时间的事，美绪子都没告诉过他。

“好像是。”

与田一脸茫然。

“电话是哪里打来的？”

“由布院的警察局。说是今天早上，有人发现她死在了旅馆房间里。因为健保卡上的地址是这里，所以才会联络我。”

“怎么会……”

“死因还不知道，应该与犯罪事件无关。”

正如与田在电话里说明的，奈津的户籍地址设为这栋公寓，登记关系是“同居者”。奈津的健保费和税金，也都向这个地址所在的杉并区公所缴纳。关于户籍的事，与田在结婚前就提过了。他说“希望你能同意”，美绪子也勉为其难地答应了。毕竟奈津没有可依靠的家人和亲戚，要是谁都不愿接受她的户籍，她将成为真正无家可归的人，变成一个游民。

“这样好吗？”

美绪子的声音颤抖。

“什么好不好？”

“你不过去好吗？”

“好像没关系吧。警方打来只是查证户籍，听起来也像早就知道我们已经离婚了。”

“不是这个意思。”

内心充塞的种种情绪使她无法把话说清楚，美绪子急了起来。

“这样下去，不就连葬礼都无法举行了吗？”

与田望向美绪子，脸上是惊慌失措的表情。看他的表情就知道，他现在才意识到发生了什么事，恐怕他一直没把刚才那通电话和现实连接起来吧。

与田沉默下来，走向窗边的沙发，坐在一人座沙发上，方向正好面对着餐桌旁的美绪子。朝这边看过来的眼睛空洞失焦。

两人足足沉默了五分钟。

“如果你不去的话……”

美绪子先开了口。

“那就让我去由布院吧。”

这时，微微低头的与田才抬起头来，望着美绪子的表情，仿佛她是个素未谋面的陌生人。

“因为……”

美绪子用坚定的视线回应与田空洞的眼神。

“如果都没有人去，那实在太说不过去了吧。”

话才刚说完，她眼中立刻蒙上一层泪光。

奈津那张小脸清晰地浮现眼底，她那略带沙哑的嗓音也在美绪子耳中清楚地响起。

“不能那么做啊。”

与田喃喃低语。

“要是那么做，等于侮辱了她的人生。”

他一字一顿地说。

“更何况……”

与田眼中的目光，终于恢复意志。

“谁都不能哀悼她的死。我和你更是没有资格。”

他用斩钉截铁的语气这么说。

12

我没有义务也没有责任，不受道义或人情束缚。我只是随波逐流，随时都可以去死。没有人为我悲伤，也没有人在意。就算我死了，世界也不会有任何改变。

可是啊，美绪，我依然像这样认认真真地活着，感受各种感觉，品味各种滋味。乍看之下，一切只是从我身边经过，然而我其实是一步一个脚印，好好地注视着这个世界。

我和大家不同的地方，只在我不会将那些感受到的、品味到的东西写下来，或是告诉任何人。

因为我知道不可以那么做。

事实上啊，随波逐流的是大家，是这个世界。我活着的每一天都在做自己，为此而不断旅行。

当我孤单一人的时候，有时会觉得自己的存在好鲜明。

仿佛这个世界只有我自己……

我非常喜欢这种感觉，真的很喜欢，喜欢得要死。

美绪。

只要进入孤独的世界一次，就能看到一个很棒的世界哟，那是从没去过的人无论如何也无法了解的世界。

13

调派美国的事决定之后，与田每天忙着为出发做准备。

与田奉派前往的不是位于纽约的美国法人总公司，而是作为公司的尖端技术开发据点，于三年前在洛杉矶设立的综合技术研究所。职位是副所长。

对于自己获得这首开先例的荣升，与田说："这下至少五年回不了日本了。"

他离开研究工作已经十几年了，对于再次调回技术部门似乎有所不满。

"现在叫我回去，到底要做什么才好呢。"他还发了好几次这样的牢骚。

然而，这次他似乎没有做出拒绝人事命令的决定。

公司事先告知他那天，美绪子在秘书室的计算机上收到一封电子邮件。

"红纸终于来了。"

"你还好吧？"美绪子这么回信。

“这次大概拒绝不了，或许会造成不少负担，还得麻烦你多担待了。”与田的回信意外干脆。

美绪子认为，三个月前奈津的死，对他的影响果然很大。

即使那天之后，两人绝口不提奈津的事，美绪子仍清楚地知道，与田受到了沉重的打击，至今未能释怀。

因为美绪子自己也一样。

得知要被派往美国时，美绪子立刻产生了“想去”的念头。

与田一定也是如此吧。

接下来的日子，一边开始办理前往美国的各种手续，一边上一对一的英语会话课。由于大学读的是英语系，美绪子并不讨厌英语。话虽如此，英语会话荒废了这么多年，生锈了的语言能力，还是得从头加紧锻炼才行。

美绪子辞去了工作。不是不能进入同在洛杉矶的美国法人分公司上班，只是按照公司的惯例，丈夫奉派海外时，妻子通常必须离职。

和与田商量时，他也只是简单地表示理解：“既然如此，那就这么办吧。”

美绪子暗中打算，去了美国之后要做两件事。

第一件事是养狗。

另一件事是学杂技。

查了很多资料才知道，原来美国是杂技的圣地，有各种专门教授杂技的学校。

从小运动神经就差，手也不是特别灵巧，即便如此，美绪子无论如何都想尝试这件事。

赴美的日期正式决定，出发前的最后一星期，两人简直是忙得晕头转向。

还有三天就要出发了，这是在日本度过的最后一个星期六——

睡醒时，不见本该躺在身边的与田。

美绪子从床上起身，朝放在床头柜的闹钟瞥了一眼。

还不到早上七点。

为了制作交接资料，昨晚与田到半夜还在工作。印象中，他上床时已经快天亮了。

总觉得事有蹊跷，美绪子从床上下来了。

嘴里喊着与田的名字，在宽敞的屋子里四处寻找。

不在厕所，不在浴室，阳台上也不见人影。

会不会是去附近便利商店买东西了呢?

走到玄关一看，平常穿的拖鞋还在原地。

甩开困意，一边对抗涌上心头的不安，一边打开客厅的门。客厅里一片漆黑。或许在即将出发前往美国的这一刻，他终究感到恐惧，不祥的预感转变为真正的不安。忧郁症复发的概率有多高呢?

不经意间，美绪子脑中浮现出深夜里张开双手、伫立在黑夜前方的奈津。

为了斩断心头的不安，美绪子快步走向窗边，猛地将窗帘往左右两边拉开。顿时，明媚的春日阳光照亮整个屋内。

东京正值樱花盛开的时节，从五楼窗户放眼望去，尽是盛放的樱花，好像一片粉红色的烟雾。

屋里极度安静。

美绪子背对空荡荡的客厅，俯瞰窗外正要展开的崭新季节。

身体不知为何动不了。内心有个声音焦急地说，现在不是在这里发呆的时候。可是，另一个顿悟的声音冷静地盖上来告诉自己，已经追不上他了。美绪子深深吐出一口气。

其实，她早就明白。

与田是自己决定离开这座房子的，也知道他独自一人去了某个地方。

奈津说的都是真的呢，美绪子在心中喃喃自语。

与田果然很想成为一个孤独的人。

正如奈津离开了与田才找回自我，与田一定也是在奈津离开后寻回了自己。

这么说来，美绪子才想起——

“我反而有种松了一口气的感觉。”曾几何时，与田这么说。

美绪子发现了另一件重要的事——

我也一样，当与田像这样离开时，反而有种松了一口气的感觉。

美绪子终于把头从窗外转回来，视线落在刚才拉开的窗帘时，隐约瞥见餐桌上放了什么。

用整块厚玻璃做成的桌面上，放着两张白纸。大张的 A3 左右，小张的差不多 B5 大小。

一张肯定是已签名的离婚协议书，另一张则是与田写的信。

美绪子再次望向窗外。

通往大门的细长走道映入眼帘，两旁种植了树干粗壮的樱花树。现在那些樱花正开得如火如荼。

与田肯定是慢慢沿着那条路离开的吧。

可是，美绪子无法想象他离开的身影。

相反，他再次缓步踏上那条笔直的走道，回到这里的模样，她却能清楚地在脑中描绘。

到那时候，再次重逢的与田，一定比她过去认识的他更加、更加坚强。

那会是几年之后呢？

两人的水池

1

“生下来比较好哟。”俊这么说。

我无言地看着俊的脸。在今天之前，我们已经三个月没见了。和俊分手是五年前的事。分开后的头两年，我们一个月见一次面，第三年我和高志结了婚，不久俊也和现在的太太容子在一起了。这么一来，要频繁见面实在也变得不容易。

“麻里已经不年轻了，现在不生，将来说不定会后悔呢。”

和俊还有婚姻关系时，我曾怀孕过一次。

那时离婚礼结束还不到半年，我们两人还十分年轻。俊对我说：“希望再多享受一下两人时光。”我也同意。

决定堕胎那天，孩子就流掉了。好长一段时间，我一直受良心谴责，俊却说：“他只是在中途先下车而已啦。一定是怎么也提不起到这个世界来的意愿吧，心情还没准备好，一定是这样。”

他说得满不在乎。

“为什么你知道是男孩？”我这么问。

“这种事怎么会不知道？”俊看着我，表情有些匪夷所思，“你跟仓本先生说了吗？”

仓本是高志的姓。仓本高志。一直在著名建设公司设计部工作的他，今年初辞了职，自己出来创业。现在，在惠比寿经营一家规模很小的设计师事务所。

高志原本是朋友的朋友。大学社团里有个大我两届的学长，和高志是高中时的同班同学。知道我离婚，很久没联络的学长和我联系上了，没隔多久，就说想介绍高志给我认识。

学生时代，我们似乎在社团交流会上见过两三次，但我一点也不记得了。对当时已经和俊开始交往的我而言，除了俊之外的男人，是男人但也不是男人。

这种感觉，至今依然没什么改变。

高志似乎从第一次见到我时，就对我有意思了。

“虽然不算是一直为你保持单身，但是再次见面时，我真觉得一直等待是对的，简直想好好称赞自己一下呢。”

第三次约会时，他这么说。交往一年左右，我们就结婚了。

和高志开始交往的事、他向我求婚的事和决定结婚的事，我都一一向俊报告。

“越听越觉得这个人很不错啊。”俊总是这么说。

俊从来不说别人的坏话。打从我们相识、结婚、离婚，离婚之后仍时而见面的这一段漫长的时间里，我连一次都不曾听过他说别人的坏话。

他打从心底里瞧不起任何人。

“人类都是垃圾、垃圾。除了我和麻里之外，这世界上所有人都不例外，应该越早去死越好。”俊到现在还会偶尔这么说。

“也包括俊的父母和容子小姐吗？连婴儿或小孩都该早点去死吗？”

我故意不怀好意地这样问，俊露出有点伤脑筋的表情。

“嗯，你举的都是我不太愿意想象的例子。”他支吾地说。

“我还没告诉他，在那之前想先跟俊商量。”

我拿起手边的咖啡杯，啜饮一口。从昨天开始，食物的味道似乎出现了微妙的变化。这杯咖啡也是，不知道该怎么形容，总之不太好喝。

我们现在在饭田桥某间饭店的咖啡吧。今天是星期天，高志正在大阪出差，容子小姐好像回町田的娘家了。

两天前的星期五，我得知自己已经怀孕。那天上午，我送高志去大阪后，去了附近的妇产科。即使大概猜到可能是怀孕，一旦猜测成为事实，我还是突然觉得喘不过气。

我想这是紧急状况，于是通过平日封印不用的热线联络了俊。

俊马上通过热线回了话，约我今天下午在他指定的饭店碰面。

“其实啊……”

俊也啜饮一口咖啡，然后将咖啡杯放回咖啡碟，耸耸肩，露出有点害臊的表情。我无可救药地喜欢这种时候的他。

“我家去年也生了小孩。”

“咦！”

我忍不住惊呼出声，随即担心起刚才自己脸上到底是什么表情。

“生日是十二月十一日，再一星期就满一岁了。去年春天吧，我才在想差不多该回到麻里身边了，容子却忽然说她怀了孩子。再怎么说，我也不能在这种时候提离婚，只好姑且和她再一起生活一阵子了。”

俊的语气和表情都很淡然。

“枫也快一岁了，我想差不多是时候了。”

俊的声音压低了几分。

“枫就是我的女儿。”他补充道。

“没想到，现在轮到麻里有小孩啦。虽然不是不能理解，但也有点意外。”

俊竟然有女儿了……我心中出现了一个小而强烈的旋涡。容子小姐今天回町田，大概是娘家的父母想看外孙女吧。

这么重要的事，俊为什么一直不告诉我。

俊不当一回事的态度，令我有些失望，也有些气愤，小小的旋涡中央染得一片炽红。

可是，我拼命告诉自己，就算是这样又如何。

俊和容子小姐是名正言顺的夫妻，有小孩也不是什么奇怪的事。正如我和高志这对名正言顺的夫妻有了小孩一样。俊没把这件事告诉我，或许是先轮到的人会有的正常选择。如果是我先有了小孩，我会告诉俊吗？当然，身为女人，只要见面就掩饰不了。可是，我大概也会尽可能隐瞒怀孕的事吧。

即便总有一天会分开，但在与现在的伴侣共度的岁月里，我们还是必须善尽夫妻的义务。我们彼此这样约定过。

这么说来，如果是我，为了不剥夺容子小姐生产的自由，恐怕也不会说吧。

很快地思考过后，我才开口："你的意思是，我也可以生？"

"我不是因为自己有了小孩才说你也可以当妈妈的啦。"

这时，俊的目光稍微放远了些。

"是容子她啊……"他这么说，"她说生了小孩，似乎就完成自己生而为人的任务了。"

我微微歪了歪头，这是我的老毛病，只要听到无法轻易理解的话，就会做出这种动作。

"总觉得，和麻里在一起的我，变成一个越来越严谨的人了。在一起几十年后，我一定能成为把自己的心情表达得滴水不漏的人。"

和俊交往三个月左右时，他说了这样的话。接下来的那次约会，他说："大学一毕业，我们就结婚吧。"就这么向我求了婚。

"枫是早产儿，出生后在医院住了一星期。容子先出院，我们两人第一次去接枫回家时，容子说，觉得自己似乎已经完成生而为人的任务了。"

我依然不明白俊想说什么。

"所以啊，我想，麻里生了小孩之后，一定也会那么觉得。"

俊用强调的语气说。

2

告诉高志怀孕的事时，他高兴得超乎我的想象。那模样与其说是高兴，不如说是感动。

“一定是女孩子。”

“为什么？”

“我就是有这种感觉。”

其实，俊也这么说过：“生女儿比较能受仓本先生疼爱吧，既然麻里总有一天得抛弃孩子离家出走，这样比较好。更何况，这是很快就会发生的事。”

高志似乎一点也没发现，我到现在还会和俊见面。

离婚后，我和俊一次也没有上过床。这让我学到一件事，女人和男人只要不做爱，就不会散发可疑的氛围。

“什么时候跟老爸老妈说好呢？”一阵兴奋之后，向来孝顺的高志说。

“我觉得早点跟他们说比较好。”

这也是俊教我的。

“虽然很多人都认为，还没进入稳定期前最好别告诉别人。可是，我觉得发现怀孕之后，越早告诉周围的人越好呢。期待孩子诞生的人越多，这孩子也会越不容易半途下车。”

俊说的话从来都不会自打嘴巴，这也是我信赖他的理由之一。

我照俊的建议对高志说了之后，喜上眉梢的他随即打了电话回甲府老家，还无预警地把电话也塞到我手上。不过，毕竟是第一个孙子，公公婆婆都非常开心，喜悦的程度更甚高志。

之后，我也联络了八王子的娘家。因为大我三岁的哥哥已经有三个小孩了，爸妈的反应都很平淡。原本我和父母相处得就不是很融洽，没有什么值得一提的原因，只是从小，无论是父亲还是母亲，我都无法打从内心喜欢他们。哥哥和爸妈很像，我和他也合不来。家里只有我一个人格格不入，无论外表或性格，和其他三人都不相像。也曾偷偷怀疑是不是被抱错了，但母亲是在一家很小的助产院生的我，丝毫没有抱错的可能性。

“不是有那种长相相似的陌生人吗？你只是刚好相反罢了。”

交往之后，听我提起这件事，俊笑着说。我问他“和长相相似的陌生人相反”是什么意思。

“比方说，长得完全不像的血亲。”

意外的是，俊以一副经过认真思考的口吻这么说。

父亲和母亲都是粗鲁又神经大条的人，尤其是母亲，注意力总是一下就涣散了，不是那种能好好面对小孩、和小孩认真对话的人。

我在小学三、四年级之前就放弃了母亲，对拿这样的妻子没辙，凡事优柔寡断的父亲也失去了耐心。

无论父亲、母亲或哥哥都很不会念书，只有我书读得还算可以。靠推荐上了东京都心的大学后，我开始一个人租房子生活，几乎不回老家。

在大学里学了心理学后，我才知道母亲是ADHD（注意缺陷多动障碍）患者。不过，这仍无法改变我对她的想法。母亲给身边的人造成许多麻烦，却打从心底里肯定自己。这和ADHD无关，是天生的性格。就算是自己的母亲，要我同情这种人未免太蠢，也太滥好人了吧。

“爸爸和妈妈都一样，只要在八王子过他们高兴过的日子就好。”

五年的婚姻生活中，我们只和他们见过几次面。

然而，和高志再婚之后，在高志的要求下，我们会不时邀请父母来家里玩。那种时候，反而是高志表现得像个真正的儿子，尽心尽力款待他们。

“孝顺是趋吉避凶最好的特效药，证据就是王贞治[1]先生，你看他多孝顺。”

也不知道为什么，高志非常尊敬王贞治，不管说什么都能扯到他。他高中时一直在打棒球，听说高一时还曾参加春季选拔赛。虽然只是板凳球员，曾经一度以替补球员身份站上甲子园的打击区，是他最引以为豪的事。

害喜时没有吐，相反，只要吃点什么就感觉舒服，幸好反应还算轻微，也不用太担心体重过重的问题。

高志一手包办了家务活，我可以说是个幸运的孕妇。

1 1940年5月20日出生于日本东京，是20世纪60年代到70年代日本著名的职业棒球选手。——译者注怀孕期间我和俊没有见过一次面，他也完全没有联络我。

隔年七月，孩子顺利出世。

是个两千七百千克、和我一样皮肤白皙的女孩。

3

刚上大学一星期左右时，我在学生餐厅吃咖喱饭，忽然有人往我对面的位子一坐。

感觉到有人过来，我把汤匙放在盘子上，抬起头。

瞬间，我差点以为自己跨越时空，回到了一个月前的高中校园。

那是同级同学朽木俊平，我当然认识他，只是做梦也想不到，他竟然和我上了同一所大学。

“嗨！”

朽木却是一副理所当然的样子，盯着我看。

我环顾四周，认真地想确定不是回到了高中时代。

“这是怎么回事？”我说。

我从未和念理工科的朽木同班，不过，曾接受过他一次关于社团活动的采访。他是校刊社的社员，我则是篮球队的队长。

那个朽木不可能和我上同一所大学，一定是有什么事到这所大学来，刚好看到在学生餐厅吃饭的我吧。

“没怎么回事啊。”朽木说，“一起吃好吗？”

他也不等我回答，便快手快脚地把背包放在桌子上，兀自往点餐台走去。

看来，他似乎也是这里的学生。

在我们高中，朽木是全校知名的优等生。这样的人竟进了这所普普通通的私立大学，真叫人难以置信，我还以为他肯定会上东大、早稻田或庆应呢。

他捧着装了汉堡排套餐的托盘回来。

“哎，你为什么会在这所学校？”我问默默吃饭的朽木。

“这里是家母的母校。”

朽木抬起头，正对着我说。那张脸还是一样端正好看。

以这种理由选择大学的人，我还是第一次听说。然而，他看起来怎么也不像是开玩笑。

“可是，你明明能考上更好的大学……”我习惯性地歪着头问。

“所谓的好大学，是指考进去时分数高，毕业后找工作有利的学校吧？我对那种事没兴趣。”视线回到托盘上，他这么说，“家母总是说，这是一所非常好的学校。”

“不过，这样好可惜啊。”

“为什么？”

“因为朽木同学那么会念书，无论东大还是早稻田，想上哪所学校都考得上吧。要是我，我一定会选择那边。”

“这样啊。”

“嗯。”

“我倒是觉得，上这所学校就够了。”

没有进一步结论的我们，在学生餐厅门口道别。

临走时，他这么提议：“以后每天都一起吃午餐好不好？”

接着，只留下一句“明天同样时间，我会在这里等你”，他就离开了。

从隔天起，朽木开始带饭。

最初的午餐配菜有烤肉片、炒绿花椰菜和煎蛋卷，白饭中央还塞了一颗小梅干。

“这是我有生以来做的第一份饭。”他害臊地说。

两个饭盒一样大，我的是红色的，他的是蓝色的，用包饭盒专用的黄色包巾包起来。筷子是免洗竹筷。

我们一起走进餐厅，在昨天的位子上相对而坐。我怀着一头雾水的心情，吃了朽木人生中亲手做的第一份饭。

“好吃吗？”他问，于是我回答“好吃”。

他做的饭真的非常好吃。

“你为什么要做饭啊？”

“因为学生餐厅的东西一点也不好吃。”朽木说得若无其事。

“以后我每天都会做饭带来哟。”他又补充道。

“水泽同学，你有什么讨厌吃的食物吗？趁现在先告诉我。”然后，他又说。

我不知道该作何反应，一如往常困惑地歪着头。

朽木一边用黄色包巾把自己的饭盒包回去，一边说：“我希望能做出正式的料理，进步最快的方法就是做给别人吃。所以，水泽同学不需要客气，也不用谢我。如果不喜欢我这么做，只要告诉我你不喜欢，那我就会停止。”

他的表情很认真。

从那天起，我每天都吃朽木做的饭。到毕业为止的四年间，大学生活至少有一半的日子，我们都一起吃他亲手做的饭。

吃第十次饭那天，我们有了肉体关系。从那天晚上开始，我叫朽木“俊”，他则叫我“麻里”。

我的名字是水泽麻里江。

“水泽同学，你不太喜欢与人竞争吧？”

以篮球队长身份接受采访时，俊第一个问我的就是这个问题。

我偏了偏头。

“练习的时候，你的球打得比谁都好，一旦正式上场比赛，水泽同学的球却总是被抢走。”俊这么说。

“你一定预感到自己一辈子都不会做坏事吧？只要火花不飞到身上，就不会伸手拍掉它，也尽可能不涉足会被火花波及的地方，你早就下定这样的决心了吧？”

被他说中的我沉默不语。

“总之，这样的你对任何人都没兴趣，也不喜欢任何人，对吧？”

俊笑了。

当时的事在记忆中留下了深刻的印象。从此，我难以自已地注意起他。俊说得没错，我从来不曾喜欢过任何人，也早就知道自己非常薄情。这事虽然多少有些寂凉，比起和谁建立深刻的情感交流后，再遭受无情的背叛，我认为自己这样好多了。

在我眼中，这个世界充满人们这样的背叛。

所以，当俊在大学餐厅里向我开口的瞬间，我的感觉是，仿佛有一把大又锐利的东西插进身体之中。

没有人想被用心交往的对象背叛。可是人与人的相遇正如相互撞击的陨石，到最后总被逼到非得背叛对方不可的境地。

当下的心情，就像首次发现这个世界有多么狡猾。

在那之前十八年的人生，朽木俊平是我唯一喜欢过的人。正因如此，我早已狠狠下定决心，绝对不要主动靠近他。

只是做梦也没想到，俊竟然会主动撞过来。

4

甲府的公公婆婆意外身亡，是女儿一叶三岁的时候。一叶的名字读作“HITOHA”。这名字不是我刻意模仿俊的女儿枫而取的，是意外过世的公公，生前绞尽脑汁才决定为她取这个名字。因为同名的樋口一叶短命，高志并不太中意这个名字，我却很是喜欢。仓本一叶，好棒的名字。

发生在公婆身上的，是令人难以置信的意外事故。地方报社派出的直升机坠落在公婆家，造成直升机上的记者、摄影师和飞行员三人，以及适逢星期天正好在家的公公婆婆死亡，酿成五人罹难的悲剧。

突然一口气失去双亲的高志茫然自失。

在公公婆婆溺爱下成长的一叶，似乎也遭到严重的打击。

接到事故通知时，我心想，这下可伤脑筋了。关于公公婆婆的死，我没有太大的感慨。虽然觉得很可怜，但困惑与惊讶的情绪更凌驾于哀伤之上。

就在那半个月前，我和俊睽违一年，再次见了面，才刚提到彼此都差不多该离开现在的家庭了。我们预计花一个月的时间准备，至于离家的日期和会合的时间地点，则说到时候再决定。

“这么一来，只好暂时延期了。”

公婆葬礼的两天后，看到事故新闻的俊打了电话来。

“对不起！”我向他道歉。

“这也是没办法的事呀。这下仓本先生大概可获得高额赔偿金吧，就长远来看，倒也不是坏事。”

说完，俊就挂了电话。

我却无法轻易接受这个事实。好不容易可以和俊在一起，都做好种种整理了，偏偏得在最后关头踩刹车。满心的愤懑真不知该往何处发泄。

只是，话虽如此，我还是无法丢下憔悴得令人不忍直视的高志。要是他不快点振作起来，我和俊重修旧好的日子就更遥遥无期了。

至于一叶，过了一个月后就不再提起“奶奶”和“爷爷”的事了。她开始站到激励父亲的那一方，看似借此抚慰自己的心情。

我又学到了一件事，那就是，女人果然很坚强。

生了孩子之后，我觉得自己学会了许多事。我对女儿的感情虽然不如高志那么深，但是换个念头，若把育儿当作人生的教材来想，也觉得颇有意义。在这点上，我很感谢一叶。

只是，这就和感谢高志供我生活一样，若要说其中有什么深刻的感情，那又太厚脸皮了。

公婆突如其来地退出人生舞台后，高志突然加深了对我的依赖。

高志是个勤奋的人，一手创立的设计师事务所也经营得有声有色。个性稳重的他，在一叶诞生之后，更是充分发挥了好先生、好爸爸的资质，不但不厌其烦地照顾一叶，对我也很贴心。他真的是个好人。

和高志生活在一起，我才深深体会到，这世界上真的存在对自己的人生十分满足的人，尽管这听起来像谎言，然而却是事实。成长于脚踏实地的家庭，进入有名的大学，拿到只要认真努力就一辈子不愁吃穿的一级建筑师执照，成家娶妻，用尽一切疼爱可爱的独生女——每个环节都像拷贝着世上无数人的平凡生活，找不到任何自己之所以是自己的理由。然而，就是有人能对这样的人生不以为意，心满意足。像高志这样的人，我完全无法理解。

失去名为父母的支柱，高志开始大小事都依赖我之后，家里陷入有一个大小孩与一个小小孩的状态。高志在家的时间变多了，照理来说，家务活和育儿有人帮忙，应该让生活更轻松才对，但我的精神压力却很大。长时间和原本就不感兴趣的人共处，对人而言真是一种痛苦。

随着年纪增长，越来越像个女人的一叶，也渐渐使我感到不舒服。一叶和我不同，很懂得如何讨好别人。不但长相比我美，还继承了她父亲的开朗与社交性格，周遭大多数的人都对她着迷。每天从各种人口中听到“哎呀，怎么会有这么可爱的孩子”，任谁都会产生自信，同时也会失去谦虚的心，成为傲慢的人。我讨厌这种傲慢。

这孩子也将和她那平庸的父亲一样，抓紧上天给予的还算不错的人生，巧妙地顺应命运，视自己周遭的社会和世界为美善，豁达地活下去。一想到这些，我就厌烦得不得了。

一叶顺利考上私立小学时，我联络了俊。

高志已经重新振作起来了，现在正是离家的好时机。这三年来，我和俊一年只见一两次面，俊的家庭也没发生什么大事，比一叶年长两岁的枫已经早一步上小学了。

5

婚后第五年，俊突然说要分手。

一开始，我当然以为他是在开玩笑。我们的感情一直很好，虽然偶尔有口头争执，但是从未任由冲突的感情拖长为无可挽救的僵局。虽不知道其他夫妻怎么相处，我甚至认为不会再有像我们关系这么契合的夫妻，对于和俊的婚姻生活，我非常满足，相信俊也这么认为。

“为什么要分开？”我问。

从他的眼神，我知道他不是在开玩笑。

“再这样下去，我好像会厌倦。”俊用忧虑的口吻这么说。

“对我吗？”

“应该说，对于像这样和麻里一起生活这件事。”

“我没有那种感觉啊。”我歪着头回应。

“在我心里……”俊把右掌放在自己单薄的胸膛上，“出现了一个像水池一样的东西。”

“水池？”

“嗯。”

他把脸转向我。那时我们都没穿衣服，刚做完爱，躺在床上，像眺望湖水等待涟漪散去一般。

“和麻里这样缠绵过后，我隐约看见心里浮起一座水池。”

“从什么时候开始的？”

“大概三个月前。”

俊想说什么，我似乎有点懂了。

“只要专注心情，麻里一定也能看见那水池。”

被俊这么一说，我也像他一样把右手放在胸口，闭上眼睛。

我看见的不是水池，而是一个类似水瓶的大白壶。

“现在这个水池里还一滴水都没有。可是，不久之后就会装满了，虽然不知道会是几年或几十年后。”

俊的表情越来越忧虑。

“这三个月来，我一直努力想办法破坏这个水池，但还是不行。

只要水池不消失，总有一天水会溢出来，到时候我将再也不能和麻里见面。”

“不是不能见面，是不见面，不想见面吧。”我在心里这样嘀咕。

“你明白我的意思吗？”

“明白啊。”

我在脑中想象“心里的白壶”，回答道。

“所以，我想暂时先和麻里分手，好去消除心里的水池。”

俊的语气不积极也不消极。这句话里有的只是坚定的意志。

“等水池消失了，我们就能再在一起生活了吧？”

“那当然呀。”

俊点点头说：“花一个月时间彼此做好各种准备吧，然后就去登记离婚。”

这句话里有更坚定的意志。

6

“是这样的，下个月我就要去新加坡了。”

当我一说马上就想见面，电话那头的俊似乎有点伤脑筋地说。

“要去多久？”

晴天霹雳般的消息令我脑子一片混乱。

“预计是两年左右。”

两年？这么说来是外派吗？

“这件事也得好好告诉你才行，明天或后天可以见面吗？”俊气定神闲地说。

话没办法继续说下去，我指定了地点和时间后，立刻挂断了电话。

大学一毕业，俊就进了知名食品公司。并不是对这家公司特别有兴趣，只因为平常喝的宝特瓶茶饮或果汁几乎都是这家公司的产品，他就这么去应征了。

面试和笔试都轻松过关，优异的语言能力又为他大大加分，他很顺利地获得了内定录用资格。

进了公司，他被分派到他希望进入的饮料部门，负责管理从全国各地工厂出货的商品栈板。栈板是搬运商品时垫在货物下方的台座，方便堆高机的起重臂插入抬高。一般来说，栈板以木质居多，听说也有塑料或金属的。俊负责的工作，就是在辰巳的物流总部统一管理、调度各单位的栈板，让栈板在工厂与配送中心之间的轮替使用能够更有效率。

“要是栈板不够用，最糟糕的状况下，甚至必须对工厂生产线喊停。所以，如何安排栈板在各单位间顺畅轮替，就是管理的重点。”

俊的数字观念本来就很好，学生时代还曾接过写游戏程序的兼职，对他而言，这类工作只是小菜一碟。

我则是还没毕业就考取了图书馆管理员的资格，一毕业就进入都立图书馆工作。

毕业半年后，我们践行四年前的约定，结了婚。

“工作有趣吗？”

“一点也不有趣。可是，不怎么需要跟人接触，这点很轻松。工作这种事啊，轻松比有趣重要多了。有趣的工作绝对不可能轻松的吧。”

俊不求出人头地，也没什么物欲，只要适度做好工作，赚取不愁吃住的收入就够了。他总是说，像这样尽可能把义务性的时间缩到最短，剩下的时间全部用来和我在一起，就是他的人生目标。

“和麻里的关系是唯一的，也是绝对的。”

“可是，俊是男人，头脑又这么好，与其待在这种小地方，是不是应该完成更大的使命才对？”我问。

“的确，活在这个时代的人，不分性别都应该为这个腐败至极的世界多少贡献一些正面价值，我也认为这是我们重要的使命。”

俊用理所当然的表情看着我。

“可是啊，只有相当优秀的天才才办得到那种事。不对，无论多么天才，想改变世界都是很难的事，更别说以我这种程度的能力，根本就望尘莫及。既然如此，什么都不做才是最轻松的吧。这个世界被设计成巧妙的陷阱，一旦人们拙劣地想改变什么，反而会招来坏事。我是这么想的啦，我们凡人做越多那种小家子气的努力，只会让世界的构造变得更复杂、更糟糕。就像某种细菌反复产生变异，结果产生了多重抗药性一样。像我们这样的人，唯一该做的只有一件事，那就是祈祷人类尽快从这世上绝迹。只要没有人类，世界一定会更和平安详。只有这一点是绝对不会错的。”

俊的表情越来越认真严肃。

“可能有人会说，既然如此你自己怎么不先去死。可是啊，只要是人都不想死吧。再说，死了我一个人，世界也不会因此变得更好。所以呢，麻里对我而言是必要的，和麻里在一起，我就能活下去。我有这种感觉。”

他又这么说。

“新加坡，你是一个人去吗？”

我最先问的，是我最想知道的事。

“是啊，枫还要上小学，容子也不希望她转学。”

俊的女儿前年顺利考上了有名的私立小学，那是比一叶上的学校难考好几倍的名校。

“昨天你在电话里说预计去两年？”

“公司是这么跟我说的。不过，我打算在这两年内搞定创业需要的条件，然后辞掉。”

“辞掉工作吗？”

“嗯。”

俊很干脆地点头。

“麻里是不是认为我们差不多该复合了？”

我默默地看着俊。

“再给我两年时间好吗？到那边去之后，我打算开始找找，看看有什么生意能做。一准备好，我就会和容子离婚，再接你过去。我觉得这样更好。”

竟然还要再等两年……

“为什么你觉得那样更好？”

我不懂他这么做的理由，不知不觉又歪着头。明明想改掉这个毛病的……

“反正都是要私奔，那样不是比较好吗？有种我们两人被这国家放逐的感觉。”

“被国家放逐？”

“对。”

“为什么我们会被国家放逐？”

“因为我们彼此都有配偶和小孩，却要抛弃他们，再次结为夫妻啊。这样的行为，在这个国家大概不会被接受吧。”

我心想，这种事不管在哪个国家都差不多啊。似乎察觉了我内心的问号，俊又补充了几句。

“我想去一个没有人认识我们的国家，和你过两人生活。”

“不管住在哪里，多少都会产生人际关系，这无法避免吧。比起那种事，我只想早点回到俊身边。我已经厌倦和高志还有一叶一起生活了。”

“吵了什么严重的架吗？”

“那倒没有……”

对于高志，我随时都能毫不留情地抛弃。问题是，一叶是我的亲生女儿，如果今后她带着被母亲抛弃的记忆成长，那未免太可怜了。我希望在她对亲生母亲的记忆还不深的时候离开。即使是现在离开，时机都已经太晚了，要是再一起生活两年，她承受的打击会更大。对我自己来说，活生生和小学三年级的女儿分开一定也很痛苦。

整理心情，我把这个想法告诉俊。

“我还不是为了和你在一起而抛弃枫……你口口声声说自己是母亲，事实上仓本先生这个父亲做得比一般母亲多很多不是吗？听了你说的，我是这么想的，就算你不在一叶身边，她也能坚强地活下去。你的家庭经济并不窘迫，你离开后，仓本先生也一定会再婚吧。”

“我不认为一切都会这么称心如意。”

“就是因为这样，我才说要和你一起离开这个国家啊。只要我在新加坡这段时间能够创业，就能把你当作公司员工带过去。一旦到了海外，就顾不得留在日本的人怎么样了吧。对他们来说，这样也比较容易放得下。”

“好吧，可是两年内一定要带我过去哟。”

结果，我只能同意俊说的话。

7

俊去了新加坡一年八个月后，通过热线联络我。

因为只是暂时回国，他住在银座的饭店，隔天我就去找他了。

俊晒黑了，整个人很有精神。

“为什么不回家，要住在饭店里？”

这是我最想知道的事。

“其实，我已经和容子分手了。”俊说得很干脆，“这次回来，是为了办理离职手续，顺便也想赶快办好离婚协议。很快就能和你一起生活了。”

俊的眼神闪闪发光，似乎很能适应国外的水土。

“就像我以前说过的，我已经在那边开了公司。大概再过一个月，离婚就能成立了吧。希望你下下个月就来新加坡。出国手续那些全部由我来处理，你只要把自己的东西整理好就行了。”

俊一气呵成地说完了。

“虽然让你等了很久，但这么一来，我们终于能像以前一样了。”

他脸上浮现出开心的笑容。

让我觉得不大对劲的，不只是因为太久没见面，还有就是俊从来没有表现得这么开朗过。我脑中不断浮现“他原本就是这种人吗”的念头，好不容易才打消。

“对不起！”

停顿了一会儿，我低下头。俊的脸颊瞬间抽搐。

“半年前我得了梅尼埃病，现在正在治疗，医生说至少要花一年才能根治。最近好不容易不再发作了，我不想勉强自己。现在的我不可能搭飞机出国，好不容易遇到好的主治医生，中断治疗也很可惜。听说梅尼埃病发病时如果没有好好治愈，一辈子都会受听觉障碍和耳鸣所苦。”

我说的是千真万确的事实。

约莫半年前，我在家突然遭到激烈的晕眩袭击，幸亏高志刚好在家，将我送到御茶水的一家耳鼻喉科专门医院。不只晕眩，还伴随着严重的恶心与呕吐症状，我深感不安，怀疑大脑出了什么难治的毛病。有生以来，我第一次尝到面临死亡的恐怖滋味。

高志的判断是正确的。听说过世的婆婆也曾罹患梅尼埃病，所以他一看到我的症状，立刻把我带到专门的医院。过去婆婆似乎都从甲府来这家医院接受治疗。

“梅尼埃病？”

俊吓了一跳，立刻拿出智能手机，开始检索和这种疾病相关的事。

专注盯着手机荧幕的俊，口中喃喃发出“原来是这样”“呼——”的声音。

几分钟后。

“看来这种病确实该好好治疗比较好。”俊松开眉头这么说。

“真的很可惜。”他又附加了这么一句。

早知道……我在内心嘀咕，早知道两年前就该复合才对。

“我会按照预定计划离婚，回新加坡等你过去。新的事业也即将展开，或许那样反而比较好。”

很快地，俊似乎已调整好心态。他在这方面倒是和以前一样。

“是什么样的事业呢？”我问。

“类似日本这边的家庭教师派遣公司吧。除了一般学业的家教之外，主要是针对富裕阶级的家庭提供钢琴或小提琴老师的服务。在那边住了一阵子，我发现市场上这方面的需求挺大的。”

“这样啊。”

我对此毫无概念，不知道这是否真能成为一门赚钱的生意，但是既然俊这么说了，那就一定是好好计划和计算过的吧。

“不过，容子小姐竟然答应离婚。”

换作是我提离婚，高志大概会陷入半疯狂状态。

“是啊，毕竟我跟那边的父母向来处得不好，他们好像还是希望她能嫁给医生。”

容子的娘家在町田经营一家大医院。

“最夸张的是，还没离婚的时候，她父亲甚至认真拜托过我，说生活所需他们会负责，要我从现在开始努力成为一个医生。”

俊脸上带着苦笑，这件事我是第一次听他说。

“枫呢？”

他舍得这个独生女吗？

“她好像也长大了很多。将近两年没见了，说真的，我也不清楚她的现状。现在想想，或许从我决定一个人去新加坡时，容子就料想到会有这么一天了。”

枫比一叶大两岁，今年五年级了吧。

“容子小姐会去找工作吗？”

和俊结婚之后成为专职主妇的她，原本在外资制药公司工作。

“谁知道呢。可能会在娘家的医院帮忙吧。”

俊似乎一点也不在乎。

又过了一年，俊再次通过热线与我联络。

所谓的热线，其实是俊的母亲。住在国立市的她，和俊的关系就像一对好朋友。

我和俊约在上次碰面的银座那家饭店。

他说在新加坡开的公司已上了轨道，和容子小姐的离婚也办理得很顺利。

“你的梅尼埃病怎么样了？”

俊一脸担心地问我。上次的结论是，只要病治愈我就会主动联络他。大概因为我一直没联络他，他感到不安了吧。

“好很多了。医生也说，再治疗半年就没问题了。”

“那太好了。”

虽然看似有点意外，俊还是笑了。

“你现在有喜欢的人吗？”

“我现在和一个华裔马来西亚女孩住在一起。她叫尹，才二十三岁。”

“这样啊。”

“不过，只要你一确定要来，我马上会和她分手。对方大概也不是真的喜欢我吧。”

“可是，你们不是住在一起吗？”

“她对日本人和日语有兴趣，希望将来能来日本工作。说起来，我就像是免费的日语家庭老师。”说着，俊耸了耸肩。

“对了……”

我转移了话题，再怎么说，俊和什么样的女人交往，我还是不想知道太多。才二十三岁，岂不是比我们年轻了将近二十岁。

“俊的水池现在怎么样了？”

这十年来，我一直没机会问这最重要的事。

俊伸出右手食指，指了指自己的胸口。

“你呢？”他这样反问我。

“我这边好像一开始就没有什么水池。”

总觉得，无论是水池、白壶，还是水瓶，打从一开始，我心里就没有这些东西。

“问题只有你的水池。”

面对我不明确的抗议，俊并不像平常那样笑着说“你就是头脑不好”，反而因为我这句话，表情看似更正经了些。

“或许正如你所说。”他说，“原本我以为水池里的水满了，就会无法和你一起生活。但是，说不定到时候只要在旁边多做一个水池，把溢出来的水存在那边就好了呢。”

8

又过了一年。

我对高志提出了离婚的要求。俊提离婚时并未告知容子小姐关于我的事，我却认为应该把真正的原因告诉丈夫。

听了我的解释，高志完全愣住了。就算想当作某种玩笑，内容也太突兀又出乎意料，根本不可能有这种事吧。

“那……”

他好不容易才从喉咙里挤出声音。

"这十几年来，你一直在欺骗我？不只是我，连一叶也是？"

这是我理当承受的质问。

"如果要从 Yes 和 No 中选一个答案，那就是 Yes。"

我只能这么说。

高志愕然地望着我的脸，他的表情慢慢转变为不安。

"麻里江……"高志说，"你能不能告诉我朽木先生的联络方式？"

我把俊的手机号码告诉他，于是高志说"你在这里等一下"，便自己上了二楼的书房。我坐在客厅沙发上，往窗外看。分手十几年了，我从未直接打电话到俊的手机过。接到素未谋面的高志打来的电话，俊究竟会怎么想呢？

窗外是高志和一叶精心打造的庭园。即将进入春天，庭园里已四处开起美丽的花朵。

第一次被强烈的晕眩袭击，就是刚搬到位于世田谷的这个家不久时。

和现在一样，我坐在客厅沙发上，望着窗外还什么都没有的庭园时，世界忽然天旋地转。

高志的事业发展得很顺利，事务所从惠比寿搬到涩谷，如今已成了拥有二十多名员工的大型事务所。目前还在涩谷另一个地方盖公司专用的大楼，预计今年夏天搬过去。

拜高志所赐，我过着什么都不缺的生活，一叶也成长为既能干又开朗的孩子。在旁人眼中，我的人生一定毫无缺失，事实上，我也的确未有匮乏或不满足。

过了大概十五分钟，高志回到客厅。

他坐到我身边，轻轻拉起我的手，用他温暖的大手，把我的手包在掌心。

“刚才的话，再慢慢说一次给我听好吗？”

高志的声音温柔，口吻像在讲解什么。

“我想，那可能是梅尼埃病药物的副作用，我会好好帮你找出原因的。”

他又补充道。

“俊怎么说？”

我战战兢兢地望向丈夫的脸。

“朽木先生很惊讶，他说自从和你分手之后，一次也没有跟你联络过。别的不说，他现在人根本就不在日本。好像在新加坡开公司，和在那边认识的女人住在一起，他说是个叫尹的年轻中国人。”

我再次转头望向庭园。

都已经过了这么久，女人现在不可能轻易脱离家庭了。不是谁让谁等了这么久，只是我和俊自然而然就变成了现在这样。

然而，即便如此，最初说先离婚一次看看的人还是俊。

接下来事情会怎么发展，就看俊怎么做了。

对高志说我要离开家的时候，我已经把自己的东西都处理好了。贵重的私人物品已偷偷寄到俊的老家，离开时一毛钱都不打算带。

决定回到俊的身边，开始着手进行各种准备之后，我惊讶地发现自己对与高志和一叶的生活没有丝毫眷恋。无论一起吃过几餐饭、一起泡过几次澡，甚至是经历撕裂身体的痛楚生下的孩子，那个瞬间一过，就什么都不剩了。我清楚地确认了这一点，我对他们没有任何负面情感，但也几乎没有称得上爱或思念的情感。

我深深体会到，自己是个多么薄情的人。

这世上一切的人际关系，我都无法信任。

无论以多么致密的方式构筑，我还是一眼就能看穿那个谎言。

和俊的关系也是虚假的。在我们两人之间，没有任何能够称为真实的东西。

这就是主宰这个世界的法则，或者说是原理，没有人能违背也没有人能忤逆。

即便如此，无论如何我仍希望和俊一起活下去。完全不是因为人生很重要，所以要过得有意义之类的理由。只是，在这个悲惨得无可救药的世界上，我希望自己至少能够相信一件事。

如果能相信有上帝存在，一定会活得很幸福吧。

然而，我始终没能培养出相信上帝存在的信心。今后一直到死，我恐怕都培养不出这样的心。

正因如此，我决定相信俊。

那一天，在学生餐厅吃咖喱饭时与他重逢，看到俊那张脸的瞬间，我便下定决心相信他，也相信与他一起活下去的自己。

简单来说，这是信仰的问题。

要我抛弃俊，就像要虔诚的基督教徒抛弃耶稣一样，那种大逆不道的事，我终究是办不到的。

9

隔天中午，俊打电话到我的手机。

他说现在正把车停在我家门口。我从衣柜里拿出预先准备好的小提包，连衣服都没换，套上平常穿的凉鞋，推开玄关沉重的门。

一辆租来的蓝色丰田普锐斯就停在门边，俊坐在驾驶座上。

我打开车门，坐上副驾驶座。

“护照呢？”

“带了。”

俊把车开了出去。

“我已经写了信给仓本先生，后天应该就会寄到他公司。新加坡的公司决定卖掉了，我在吉隆坡开了另一家公司。我们暂时得在吉隆坡生活，可以吧？”

我定定地望着俊的眼睛回答：“当然。只要和俊在一起，哪里都好。”

河底的人

1

“我看到一个跟修哥很像的人呢。”

里琪随口这么一说时，果穗并没那么动心。

“哦，是吗？在哪儿看到的？”

阿丸问。她的酒量本来就不好，今晚更是喝得满脸通红。明明不能喝却很爱喝，酒量是阿丸的弱点。她只要一喝醉，就会变成“太好的滥好人”。

“你知道池袋罗曼史大道上的回转寿司店吗？”

“不知道啊。”

“上星期在那里看到的，真的是长得一模一样呢。”

“是啊。”

阿丸一喝醉，说话就会带鼻音。

“你说很像的人，是店里的客人吗？”果穗问。

“不是的，是在那里工作的人。”里琪回答。

“果穗你可能没吃过回转寿司，那种店的寿司师傅有两种：一种是站在吧台内的，一种是在后面厨房里做寿司卷或军舰寿司的。然后，那个很像修哥的人就是在后面的那种。不过，因为他们不时得把做好的寿司端到外场来，那时就会从厨房里探出头。真的很像，简直是双胞胎。”

“里琪，你叫他了吗？”阿丸这么问。

“我不知道该不该叫，犹豫了一下。毕竟他会以那种方式消失，一定有什么理由吧。装作没看见不是比较好吗？”

“也是啦。”

果穗听着里琪的话，暗自在心里想“才不是以那种方式”呢。修哥不是“以某种方式”消失的，他就只是消失了而已。

不是这样也不是那样，他就只是突然消失了。

“我啊，直到现在还会偶尔想起修哥的事。”里琪静静抛下一句。

“我也是。”阿丸跟着点头。

“果穗呢？”

就算被这么问了，果穗也什么都答不出来。她们俩是否知道自己和修哥的事呢？这十年来，一次也没向她们确认过。

“我不确定……”

她含糊地这么一说，里琪就笑了。

“果穗一点都没变。”

“怎么说？”

“因为不管问你什么，答案大概都是‘我不确定’啊。第一次见到你时，我最先问你的问题是‘你是不是很讨厌人类’。就连那时你的回答都是‘我不确定’呢。”

“对对对。”

阿丸也跟着笑了。

因为三个人明天都要上班，不到十二点就解散了。里琪带阿丸一起搭出租车回家，否则要是让喝醉的阿丸落单，她一定马上就会被过来搭讪的男人带走。

几年前，大伙在涩谷喝到半夜解散后，阿丸被三个上班族搭讪，被带到其中一人位于惠比寿的公寓轮奸了。两个月后，阿丸发现自己怀孕了，陷入狂乱状态的她跑来找果穗商量，果穗也把里琪找来，两人又是找医生，又是办手续，为阿丸四处奔走。堕胎的钱则由果穗帮忙出了。

果穗每隔一两个月就会和里琪及阿丸聚会。里琪的本名叫里佳，阿丸则是因为姓丸山，只有果穗就是果穗。

三人相识于二〇〇〇年四月，大家都还是学生的时候，在西新宿一家叫“木兰”的酒吧认识的。当时，阿丸和果穗是那家店的店员，里琪是常客。应该说，她那时交往的有妇之夫上班族，是那家店的常客……

阿丸比果穗大一岁，里琪则比果穗大两岁。认识她们的时候，果穗刚上大学，才十八岁。

修哥是那家店雇请的店长。

走到青山大道，拦了辆出租车。升先生总是说："只要晚归，不管多近都得搭出租车。"

车开上外苑西大道，在东京体育馆前的路口左转。一转过去，左手边就是升先生住的公寓大楼。

掏出备用钥匙打开门，屋里音乐震天价响。今天放的是贝多芬。

看来，他的工作正渐入佳境。

在音乐静止前不能进工作室，尤其是放贝多芬的日子，最好尽可能地保持安静。升先生并未具体做过这类指示，只是同居一阵子之后，果穗很快地领悟到了这些规矩。

果穗内心有些失望，她原本希望今晚升先生能笑着出来迎接她。

修哥的事果然还卡在心里，想不承认也不行。

卸完妆，换上家居服，果穗坐在客厅宽敞的沙发上，喝着醒酒用的沛绿雅矿泉水，拿起 iPhone，打开 Google。

池袋、罗曼史大道、回转寿司。

打入这几个关键字，检索的结果是一家叫"达摩寿司"的回转寿司店。

修哥失踪两年多的那阵子，也有木兰的常客说，在明石的批发鱼市看到他在那里工作。尽管那时果穗进现在的公司还不满一年，仍然立刻请假赶往明石。在车站前的商店街，果穗拿着修哥的照片走进每家店，询问是否有人知道他的下落。

在那三年后，木兰收起来前不久，二〇〇八年二月，果穗也听到类似的消息，这次的地点是宇都宫。

“那个人绝对是修哥，我一叫他，他就露出惊慌的表情跑掉了。”

提起这件事的是常客原田先生，不过他可是新宿警署的现役刑警，说起话来可信度高多了。那次果穗整整请了三天假，从车站头跑到车站尾，找遍了整个宇都宫车站。

明石那一次，出了车站，在商店街前站定的瞬间，果穗立刻觉得他不在那里。可是，宇都宫车站这一次，她一下电车立刻隐约嗅到了修哥的气息。

然而，还是没能找到他。

一个多小时后，贝多芬静止了。

已开始打盹的果穗，因为突如其来的安静而清醒。她从沙发上起身，走向浴室冲澡。工作室兼住家的这栋公寓很宽敞，卧房里也有间浴室，如果这间浴室可以用的话，其实随时都能冲澡。问题是升先生讨厌睡觉的地方沾染水气，他说洗脸刷牙这种程度还可以，如果要洗澡或冲凉，就只能去用外面的主浴室。这么做不是为了防止湿气，而是基于风水观点。不过，主浴室离升先生工作的房间太近了，像今天这种日子，只要他还在工作就不能贸然去洗澡。

站在淋浴间里冲澡时，升先生也走进了浴室。隔着玻璃隔间，果穗的裸体被看得一清二楚。升先生也很快地褪下衣服，挤进狭窄的空间。

一定是刚完成了那件大案子吧。这一个月来，他都在为以获得世界文化遗产认证为目标的飞驒高山创作巨幅设计作品。

果穗是从二〇一〇年四月开始和升先生同居的。这三年多来，他的工作无论是量或规模都在不断扩大，现在已经成为日本屈指可数的平面造型设计师。

“果穗是我的守护神。”

升先生总是这么说。

果穗认为没那回事，这一切只是巧合。只不过是升先生之前做的种种努力，正好从两人开始同居时陆续获得回报，如此而已。两人之间依赖这种巧合而维系起的关系，总有一天肯定也会在另一个巧合的作用下受损消失。果穗有这个预感。

升先生从背后抱上来。只要拥抱果穗，就能平息工作带来的亢奋，升先生向来喜欢用这种方式转换心情，好迎接下一个工作。工作越忙，升先生的性欲越高涨。

“早就超过四十岁了，男人的欲望是不是不知限度为何物啊？”

“就算你这么说，也不希望他把欲望发泄在别的女人身上吧？”

最近，就连那个来，升先生也硬要求欢，真是拿他没办法。果穗曾经这么向里琪抱怨过，却被她毫不留情地顶了回来。

“如果觉得很不舒服，换个方式帮他弄不就好了？男人只要射出一次，就会安分一点。”

擅长搞外遇的她，说得一副若无其事的样子。

结束之后，升先生率先走出淋浴间，果穗留下来重新仔细清洗身体。升先生的精液沿着右腿内侧流下，果穗不假思索地拿着莲蓬头往双腿之间冲，仿佛要将那些体液全部挖出来似的冲洗。

今年开始，升先生不再避孕。

在那之前，虽然他也不戴保险套，但做爱时总小心谨慎到近乎神经质的地步，连果穗的生理期过了几天，也似乎都在他脑中仔细计算过。

然而，过完年的某天晚上，他却无预警地射在了果穗体内。

果穗吓了一跳。

“可不是不小心哟。”升先生一副理所当然的口吻。

“那你是故意的吗？”果穗原本想如此反问，又硬生生地把话吞了回去。难以按捺“为什么要做这么过分的事”的念头，好不容易才用几个字压抑下来。

结婚、生产、家庭——这些都是对女人而言最重要的字眼吧。

“你想为升先生生小孩吗？”

果穗试着这么问自己，答案永远都是——

“我不确定……”

就是这样。

只是，一旦凝视着流出的精液，果穗总会产生一股强烈的冲动，想把它们一滴不留地驱逐出身体。

披着浴袍走回客厅时，升先生坐在沙发上一边喝啤酒，一边盯着他的平板计算机。他正在欣赏下载好的资料画面，全世界的风景图、古迹、建筑物、绘画、艺术品、显微镜下的世界，以及宇宙。升先生总像这样，贪婪地将各种影像资料输入大脑。

“在平面设计的世界，比起累积才华，更重要的是累积资料。因为我们是平面设计师，不是画家啊。我也不是没有当一个画家的才华，可是，成为画家这件事，意味的不是操控自己的才华，而是做一个被才华操控的忠诚奴隶。我可不大喜欢那种生存之道。”

他经常在接受采访时说“从艺术中拿掉疯狂，这就是平面设计”。

升先生现在非常放松自在，看着平板计算机里那些影像的他，甚至散发出一种神圣而沉静的气质。即使是果穗也明白，这个人是专业人士中的专业人士。

可是……她这么想，这个人绝对无法理解什么是真正的疯狂。

2

两天后的星期二，果穗去了池袋。不巧是个雨天。上周东京宣布进入梅雨季，比往年早了十天之多。话虽如此，雨却始终没有下，昨天的天空更是蓝得叫人以为梅雨季已结束。其实果穗本来是想昨天去的，结果下午有个会议开得太久，傍晚又安排了招待客户的工作，怎么也找不到机会脱身。

早上起来，一看到窗外的雨，果穗就叹了一口气。内心明白，今天终于要见到他了。因为修哥他那个人喜欢雨天。

在茅场町和客户吃完午餐后，果穗没回公司直接前往池袋。先搭东西线到高田马场，再换乘山手线，抵达池袋车站西口时刚好一点半。即使过了午餐时段，车站前还是拥挤混乱得可怕。

带点城市角落颓废氛围的猥亵凌乱的空气黏腻地附着在皮肤上。果穗从小就拿新宿、池袋、上野或浅草这类地方没辙。现在回想起来，当初离家出走时，会选择木兰作为打工的地点，与其说是想脱离原本的自己，不如说只是单纯地想激怒和自己闹翻的双亲。

大学快毕业时，果穗和父亲达成和解，进入父亲经营的其中一家广告公司工作。从此之后，她便完全回到过去的生活圈了。还是从小去惯了的原宿、六本木、广尾或银座这些地方，对果穗来说最自在。

跟着智能手机显示的地图走，目标正是罗曼史大道。钻出充斥餐饮店与特种行业的巷弄，来到一处十字路口，写着“罗曼史大道”的银色拱门就竖立在前方。雨已经停了，空气中混杂了闷热的空气、食物的气味与来往行人的汗臭味，还有不知从何处飘过来的污物臭气。

渐渐地，果穗感觉自己正被拉回和修哥在一起的那些日子。

这下完全可以确信，里琪看到的男人肯定是修哥。

走到拱门下方，果穗裹足不前。

怎么办？

接下来要踏出的这一步，大概会是影响重大的一步。

和修哥分离之后，已经过了十年又五个月。这一段漫长的时间，果穗是拼了命活过来的。在父亲经营的公司工作这档事，没有世人想的那么轻松。在工作上全力以赴，也谈了几次恋爱。最后，通过自己一手策划的企划案，在三年前与升先生相识。当时的升先生刚离婚，正为迷失了设计的方向而苦恼不已。果穗敢自信地说，这几年自己始终支持着这位比自己大上一轮的男友。

而这一切，都将在踏出这一小步后全盘毁灭。这样真的好吗？

真的好吗？

果穗强硬地逼问自己，但是答案一如往常。

我不确定……

其实，“我不确定”原本并不是果穗的口头禅，而是修哥经常挂在嘴上的话。变成果穗的口头禅之后，修哥不知为何就不在人前讲这个词了。里琪和阿丸她们只是忘了这件事而已。

达摩寿司就在转进罗曼史大道后的不远处。先看见几家大型卡拉 OK 与 DVD 出租店，对面夹在居酒屋和烤肉店中间的就是达摩寿司。门口挂着大幅帷幕，上面写着“限时特价 鲔鱼大腹 一盘一百二十日元（一人只限两盘）”，左侧还设有外带柜台。虽然上次里琪说“果穗可能没去过回转寿司店”，其实没这回事。和修哥同居那段时间，他们经常去。

店内颇为拥挤，只是午餐时段已过，没有几个穿西装的上班族客人。回转输送带前坐的是上了年纪的男女、看似学生的情侣，还有看起来像是从事特种行业的女人们。店里没有包厢座位，只有一圈吧台。

正如里琪所说，除了吧台，后面另有一个设了料理台的厨房。

果穗在离厨房最近的地方找了个空位坐下。

坐在这里的话，不管谁探出头都能看清长相，想叫住对方也没问题。

吧台内站着两个师傅，正在接受客人点菜。“我要鲔鱼中腹和鲭鱼，饭少一点”，或是“一份煮鱿鱼须，不要酱汁”，或是“炙烧鳍边肉，柠檬盐味和醋橘味各一”，等等。那些常客点餐的内容根本不像在吃回转寿司嘛。天色还很早，几乎没有人喝酒。

好几年没来回转寿司店了。总之，先在手边的茶杯里放入抹茶粉，然后注入热水。果穗啜一口茶，眼睛望向后方厨房的瞬间，正好看到朝吧台探出身子的修哥。

果穗的视线紧盯着他。握着的茶杯开始烫手了，她却只能一直拿着，不知所措。不到一公尺的前方，修哥就站在那里。

果穗放下茶杯，同一瞬间，修哥脸上的表情也改变了。

他凝视着果穗，视线几乎在她身上凿出一个洞。

“好久不见。”果穗先开了口。

修哥把手上的一盘军舰卷交给吧台师傅。

“你九点左右再来一次好吗？我那时就可以走了。”

修哥表情不变，只说了这句话便再度钻进厨房。

傍晚，果穗打了电话给升先生：“今天爸爸去国外出差，弟弟好像也不在家，所以我回元麻布的老家过夜啦。”

"好啊。反正我也要开会，会很晚回家。"升先生很干脆地同意了。

才刚结束大案子，他立刻又投入新的工作。这一两年，升先生几乎没有一天休假。

为了把没整理完的资料整理好，果穗好不容易八点多才离开公司。拦了出租车，她再次前往池袋。雨已经停了，她抬起头，看着夜空中挂着一弯上弦月。途中塞了几次车，在达摩寿司附近下车时，已经超过九点了。

穿着灰色窄管裤和白色开襟衬衫的修哥正站在店门外。

体形一点都没变，一百八十几公分的高个子，还是一样瘦得夸张。他的年纪至少大果穗二十岁，所以五月出生的修哥应该超过五十二岁了，外表看来却比实际年龄年轻许多。

"久等了。"果穗这么说。

"走吧。"修哥立刻迈开脚步向前走。

果穗追上那个背影。两人沿西口的站前大道，朝要町方向走。即便追上他并肩同行，两人也没有人先开口说话，只是默默走路。

"修哥，你好像很不爱讲话。"刚开始在木兰打工那阵子，果穗这么问过他。

"没什么话好说啊。"他回答的语气出乎意料地真诚。

"不是可以说说店里的事，或是客人的事吗？"果穗的回应，听起来简直像对比自己年纪小的人说话。

"是吗？我不确定……"修哥只是微微歪着头这么说。

走进要町交叉路口前的鸡肉烤串店，店内没什么人，两人并肩在吧台边坐下。

“欢迎光临！”

吆喝着递上湿毛巾，看似店主的男人用露骨的眼神打量着果穗。修哥一定是这里的常客吧，而且总是一个人来。

两杯中杯生啤，随便烤几串什么来。什么都不问就擅自点餐，这点也和十年前一样。啤酒送上来后也不举杯，修哥径自抓起手边那杯，一口气喝干了。爱喝酒这点也没改变。

喝了一小时左右，两人才走出烤串店，再度并肩走了起来。喝完啤酒之后，修哥又喝了五杯绿茶碳酸酒。脸色固然与平日无异，脚步倒有几分踉跄。体力变差好多啊，果穗仿佛发现了十年的岁月有多重。

“为什么突然消失了？”进店里一坐下，果穗就迫不及待地问。

“没什么特别的理由啊。”

一喝酒说话速度就变快，这点也和以前一样。修哥平常虽然沉默寡言，一旦开口还是会好好把话说清楚。

“还把我丢下不管。”

“对你很抱歉，但是又觉得那样也好。”

“至少该留张字条给我吧。”

“我想过要写，可是写着写着总觉得会把持不住心情……”

“你说那样也好是什么意思？”

“跟我这种男人在一起也不能怎样，再说……”说到这里，修哥就打住了。

“再说什么？”

“没什么。”

“请你告诉我。”

“我不想说。”

说完后，修哥就再也不说话了。

3

修哥住的公寓，在过了要町交叉路口后，再走五分钟左右的地方。电线杆上的标示是“要町一丁目”。毫无特征可言的轻型钢筋两层楼箱型公寓，在夜里看起来还是挺新的。站在这栋称得上小而美的公寓前，果穗稍微松了一口气。

两人过去同居的位于新宿百人町的公寓，远比这栋公寓老旧许多。不过，那间公寓房间是木兰的老板金先生的，所以不用付房租。修哥失踪不久，那栋房子也被拆了。后来过去看时，那里已经盖了另一栋细长形的公寓。木兰收掉之后不到一年，金先生也在二〇〇九年正月时，因为肝癌过世了。

一楼有四间房，最左边那个房间就是修哥住的地方。转动钥匙，开门入内。虽然他连声“请进”都没有说，果穗还是跟着进去了。

交往的那两年半时间，修哥连一次都没有对果穗生过气，也不曾纠正她或摆脸色给她看，在木兰工作时或两人独处时都一样。他总是表现得很冷淡，不亲切也不说多余的话。可是，修哥其实是非常温柔的人。和修哥在一起，就像待在安静深沉的河底，与其说是内心获得了平静，不如说根本就是身在一个安适恬静的世界里，修哥就是能让果穗有这种感觉。

从上初中那阵子开始，果穗事事与作风霸道的父亲作对，到了考大学时更演变为彻底的对立。父亲强迫她读从小学直升初中、高中的同一所女子大学，果穗却无论如何都不愿意。结果她擅自报考自己想上的大学，考上的同时立刻离家出走，在外婆的资金援助下租了房子，也开始找地方打工。为了兼顾学业，最好是可以晚上做的工作，还得是愿意雇用未成年人的店家。就在这么四处找寻时，高中时的朋友介绍了木兰给她。

和修哥成为男女朋友的关系，是在木兰打工两个月左右时的事。

和现在一样，当时正好进入梅雨季。那天是星期天，也是店里的公休日，果穗他们却聚集在落合中央公园的棒球场，为的是替木兰老板金先生担任教练的草地棒球队“红青蛙”加油。四月开始的联盟赛正打得如火如荼，“红青蛙”是强队中的强队，主力球员不是学生时代打过棒球的人，就是曾活跃于企业球队的退休球员，实力足可媲美职业球队。果穗和阿丸、里琪，还有几个店里的常客都来观战。只要赢球，金先生这个棒球狂一定会带大家去自己经营的另一家烤肉店大肆庆祝。来加油的人都是意在烤肉，把气氛炒得很热闹。

没想到，今天的战绩却不甚乐观，原本连战连胜的“红青蛙”，在对方投手的猛烈高速球前，似乎完全没有招架的余地。

那位投手不是日本人，听说是从韩国请来的生力军。

“那个人一定是职业选手啦。”

一局比一局犀利的球速与威力，把“红青蛙”的球员和观众都吓傻了。打到第五局结束，还是零比零的局面。这时，金先生向坐在一垒侧的果穗招手。

“果穗，你搭出租车去帮我叫阿修来好吗？”

说着，给了果穗百人町那间公寓的地址。

修哥本来就是“红青蛙”的队员，这个果穗也知道。只是，自从果穗来看球加油之后，修哥的身影就连一次也不曾出现在球场上了。

“拜托你尽快啊。”

金先生急得像热锅上的蚂蚁，果穗立刻转身朝百人町出发。

到的时候，修哥正在吃店里卖的中式凉面。

“比赛好像快输了，教练要你过去。”果穗站在玄关说。

“你先进来等一下。”修哥回答。

他还从冰箱里拿出麦茶倒进杯子，放在铺了榻榻米的房间中央那张小矮桌上。无可奈何的果穗只好进了那间空荡荡的房间。屋里有一个三坪大的厨房兼餐厅，里面则是另一间三坪的榻榻米和室。

修哥坐回矮桌前，兀自优哉地吃他的凉面。

看到果穗站在厨房角落，就举起装了麦茶的杯子说：“喝啊。”

被他这么一说，果穗只得隔着矮桌，在他面前正襟危坐。

喝一口麦茶，竟然非常美味。最令她意外的是，连杯子都是冰过的。几乎没有生活用品的房间里，仔细一看却是打扫得干干净净，地板、柱子和卫浴料理台等也打理得清洁光亮。

“那个……”果穗瞄了一眼手机，确认时间后开口，“我出来时已经打到第六局，好像没时间了。”

脑中闪过的画面是冒烟的烤肉。

吃完凉面，修哥仔细清洗盘子，再用布擦干。

“把这个拿去放在门边。”

修哥将盘子递给果穗，又说：“我换一下衣服。”

在门外等了五分钟左右，换上棒球服的修哥出来了。

这种装扮的他，和在店里时给人的印象完全不同。修哥从屋后推出一辆破旧的自行车，指指后方的货架说：“上车。”

“等一下会骑得很快，抓紧我。”

被他不容反驳地这么一说，果穗只好跨坐在货架上，抱住修哥精瘦的腰。他的腹肌和背肌硬得像一块铁。

到棒球场时，球局正要进入九回下半场的进攻，分数依然是零比零。第一棒打者出局后，金先生大吼要替补球员上场。修哥只抓起球棒空挥了两三下，就爽快地站上了打者区。

第一球。虽然有些偏高，球速还是非常惊人的。

修哥的球棒在空中缓缓挥出一道大大的弧线。当清脆的“铿”声响起，“红青蛙”的球员全体起立，爆发出欢呼声。

修哥击出的球笔直地穿越中野区，一转眼就飞过高耸的防护网，消失在球场外。

在烤肉店开庆功宴时，果穗才知道修哥原来曾是甲子园的明星球员。在德岛读高中时，他还曾打进夏季赛的前四名，以棒球选手的身份推选上了东京的大学。

“要是继续打下去，明明前途无可限量，这家伙却在大三时抛弃了棒球。”

金先生一副惋惜的口吻。他虽然比修哥年长将近一轮，但鉴于同为韩裔日籍第二代，从修哥高中时就注意到他了。

“要是加入职业球队，现在肯定已经成为很厉害的选手了啊。”

在果穗周围，从来没有人以成为职业运动员为目标。

虽说为“红青蛙”加油的出发点是好吃的烤肉，但对果穗而言，她之所以这么热衷于这件事，或许也是因为能和过去从未接触过的人们交流，这可是很新鲜的体验。

话说回来，果穗真没想到，修哥这位领薪水的店长，竟然是球队成员中棒球资历最傲人的……他个子虽然高，身材却瘦得像块排骨，很难想象这样的人曾经是个一流棒球选手。

酒酣耳热之际，果穗带着半分好奇心，把位子换到似乎已有相当醉意的修哥身边。

“为什么放弃棒球了呢？”果穗单刀直入地问，也喝得够醉了。

“大学二年级的冬天受伤了。”

修哥那时并没有说“我不确定”。

“受伤了啊……”

可是，还有后续。

“虽然只是小伤，还是谨慎地停止练球一个月，那段时间只专心锻炼肌肉。结果，挥棒的力道反而变得比原本强了。春季联盟赛开始后，我光在开幕赛就挥出三支全垒打，第二场比赛也挥出了全垒打。”

说到这里，修哥拿起杯子，把剩下的兑水烧酒一口喝光了。

“当击出那支全垒打的瞬间，好像有什么重要的东西消失了，类似心中重要支柱的东西，不是折断也不是损坏，就那么烟消云散地消失了。”

听着这句话的瞬间，果穗感觉全身战栗。

“从那天起，我无论如何都无法认真打棒球了。”修哥轻描淡写地说。

那天晚上，果穗送喝得酩酊大醉的修哥回百人町的公寓。

隔天早上，醒来的他和果穗做爱。

4

修哥一进屋，就从冰箱里拿出啤酒，连果穗的那份也一起放在桌上，然后在椅子上坐下。这间屋子的隔间和百人町那间差不多，差别只在餐厅和后面那间卧室都铺了木地板，分别放了一张餐桌和一张单人床。

修哥拉开大罐啤酒的拉环，津津有味地喝了起来。果穗把包挂在他对面的椅背上，自己也坐了下来。

好一阵子，她就这么望着修哥喝啤酒。

那时，他从来不会像这样直接就着铝罐喝酒。

“这东西是我唯一的朋友。”

不管喝的是哪种酒，他都会这么说。修哥酒喝得凶，几乎到了酒精中毒的程度，不过，当时确实感觉得到他对酒的爱。

现在又是如何呢？

果穗不去拿自己那份，只是默默观察他。

修哥忽然轻声笑了起来，直勾勾的视线望向果穗。

“你没怎么变啊。”他低声说。

“几岁啦？”这是今晚他第一次主动问的问题。

“三十一了。”

修哥也不点头，依然凝视着果穗。

接着喝干自己那罐啤酒后，他拿起果穗面前一口都没喝的那罐，从椅子上站起来，抽一张放在料理台上的面纸，擦干罐身上的水滴，又放回冰箱去了。

“够了吧。”他站着说。

“这样你应该够清楚了，果穗还是回果穗的世界比较好。”

“你刚才没说完的话，是什么？”果穗问。

“不是说了我不想讲吗？”修哥叹了一小口气。

“你不说我就不回去。”

从冰箱旁离开，修哥再次坐回对面的椅子。

“不是什么大不了的事啊。”

修哥像是说给自己听的。说完，再次凝视着果穗。

“那天晚上，心情忽然消失了。”

他喃喃自语般地说。

“心情？”

“是啊。”他点点头。

“对果穗的心情，全部都消失了。”他这么说。

这句话令果穗的背脊窜过一阵寒意。

修哥是在圣诞节早上失踪的。快天亮时下起雨来，是个非常寒冷的早晨。

“我去买包烟。”他对还裹在棉被里的果穗这么说，和平常没两样地出了门，然后就再也没回来了。

“前一天晚上，公寓前的小公园里有个流浪汉，你还记得吗？”

果穗摇摇头。

那年圣诞夜，大家在木兰开圣诞派对，是果穗在木兰参加的第三个圣诞派对。一如往年，店内聚集了不少常客。已经辞去兼职的阿丸来了，和另一个有小孩的有妇之夫开始交往的里琪也来了。金先生烤了一只货真价实的火鸡带来，擅长烹饪的里琪在店里狭窄的厨房中做了好多菜给大家吃。众人又是喝酒又是唱歌，一直闹到大半夜。那天晚上，连修哥都高兴地讲起了甲子园时代的往事。

记得大家是在深夜两点多解散的。送走客人之后，两人留下来整理残局。离开木兰时，时间大概已经过了三点。尽管没下雨，天气还是冷得不得了。他们进便利商店买了个小蛋糕，依偎着彼此走回家。从位于新宿邮局旁的木兰走回百人町的公寓，约莫花了将近三十分钟。

修哥一向都是走回去，住在一起之后，果穗也这么做。打烊之后当作散步慢慢走回家，是果穗日日的喜悦。

“那是个上了年纪的流浪汉，坐在公园长椅上咳个不停。我想走到他身边时，果穗说：‘快走吧，那种肮脏的人，我受不了。’”

果穗不知道修哥到底想说什么。那天晚上，真的有这回事吗？她一点印象也没有。

“其实，那个流浪汉就是我。”修哥这么说。

“远远看到的瞬间，我心里就很清楚了。”

他的语气依然轻描淡写，眼神却非常严肃。

“什么意思？”果穗反问道。

那个流浪汉就是修哥，怎么可能有这种事。

“就是这样啊。那天晚上，我看到了我自己。结果，果穗却说受不了我，所以我才决定离开。”

修哥说这话的口吻，仿佛在阐述某种真理。

5

果穗在要町交叉路口拦了辆出租车，对司机说“到元麻布”。

车开了五分钟后，果穗打了通电话给里琪。父亲出差虽是事实，今晚她却不想在老家过夜。挂了电话后，她把目的地改成品川。

里琪住在从品川车站徒步几分钟的高楼公寓。虽然有点旧，房间也不那么大，但从三十二楼的房间望出去，视野好得没话说。从客厅窗户俯瞰，东京湾的风景尽收眼底。今晚月色美丽，肯定能看到一幅绝景。

这栋公寓的房租，当然是现在交往的男友帮她出的钱。对方是某知名汽车制造商董事，年纪好像和修哥差不多吧。在这之前，里琪和老牌鳗鱼餐厅的小老板交往时，住的是八丁堀一栋宽敞的独栋平房。因为惠比寿那件事，阿丸曾有一段时期精神不是很稳定，里琪就把她接到平房里一起住。照顾了她一年多，等阿丸恢复精神不久，里琪就和那个小老板分手了。

“他一直吵着要离婚跟我在一起啊。和阿丸共同生活之后，渐渐觉得跟他交往好麻烦。我这人啊，果然是个彻底的婚外情体质。”当时里琪曾经这么说。

到里琪家时，已经过午夜十二点了。

“你果然去见他了。”用香槟干杯后，里琪苦笑着说。

“前天回家的出租车里，阿丸臭骂了我一顿，说我不该那么多嘴。”

她俩的反应令果穗大感意外。

“你们早就知道我和修哥的事了吗？”她忍不住确认。

“你这不是废话吗？”

反而是里琪一脸受不了的样子。窗外，彩虹大桥上的灯饰闪闪发光。

“你们两个那时一副在一起几十年的老夫老妻样啊。就这点来说，不得不说气氛挺好的。”

“既然知道，怎么不跟我说？”

“因为你们一定不喜欢人家说啊。你和修哥都一样吧，那时大家都挺顾虑你们的感受呢。”里琪说。

“结果，修哥又那么突然失踪了，我和阿丸就算想说什么也说不出口。”她又附加了这么一句。

“然后呢？怎么样？睽违十年见了面有什么感想？”她兴致勃勃地追问。

果穗挑了几个重点说，包括遇到流浪汉那件事。

“这样啊……”

里琪一边听，一边频频点头。

“修哥啊，是个无可救药的人吧。他自己大概也很清楚不是吗？”

“可是，说什么那个流浪汉就是他自己，胡说八道也该有个限度。”

“也是啦……”里琪用难以言喻的语气说。

“完全不记得那件事，很像果穗你会做的事啊。”

“怎么说？”

“也就是说，他和果穗是完全不同的人种。”

说着，里琪又苦笑了。

“果穗，你知道阿丸也喜欢修哥的事吗？”

从里琪口中听见了意想不到的话。

“不会吧？”

“是真的。果穗开始来木兰打工，和修哥交往后，阿丸才死了那条心。她会辞掉木兰的工作，这也是最大的原因。修哥失踪那时候，阿丸颇恨了你一阵子呢。当然，现在已经完全不会了。”

果穗惊愕得什么都说不出口。

“果穗你啊，对这种事一点感觉都没有吧？”

不得不承认她说得对。

“不过，我觉得比起阿丸，果穗和修哥更配呢。”

里琪说这话并不是单纯的安慰之词，她的个性本来就不会说这种话讨好别人。

“为什么这么说？”果穗如履薄冰地反问。

“不知道啊，为什么呢？不过，我真的一直都这么觉得。”

说完，里琪一口喝光了杯里的香槟。

“我总觉得，你和修哥是同一类人，如果强烈地爱上了谁，自己就会很沮丧。或许是无法相信自己对对方的感情吧，再怎么爱，也还有一部分的自己置身事外的那种感觉。这种人啊，或许只能跟自己很像的人在一起吧。”

她这么说。

6

造访修哥公寓的那天晚上，果穗在里琪家过夜了。隔天一大早，她先回元麻布的老家，换了一套衣服才去上班。

那个星期忙得天昏地暗。

果穗目前正在进行的，是为某老牌面包连锁店全面更新宣传广告的案子。这家连锁店即将在原宿和涩谷各开一家大型店铺，打算以此为着力点，一口气刷新逐渐吸引不了顾客上门的连锁老店形象。当然，整个团队另有资深客户总监带领，进公司第十年的果穗则担任新店铺的广告制作人。将近一年来，她和即将开幕的新分店负责人反复开会讨论。如今地点也已确定，为了让两家店顺利在九月第一个星期同时开张，新店开张的准备也差不多该着手进行了。

这阵子，她没有一天能放松。

即便如此，她总在不经意时想起修哥。

睽违十年的重逢，似乎为脑海中逐渐风化的面容与回忆注入了新生命。站在达摩寿司店前的他，在烤串店津津有味地喝着绿茶碳酸酒的模样，以及在要町那间公寓里，两人相对而坐时的气氛。他的额头和眼角皱纹更深了，头发也花白不少。不过，无论体形、姿态、说话的口吻和声音，还有那与生俱来的认真性格，仍然是果穗熟知的那个修哥。

“话说回来，果穗你还是喜欢他吗？”

那天晚上，里琪这么问的时候，果穗无法回答得很好。

不是喜欢或讨厌之类的问题。

“果穗还是回果穗的世界比较好。”

修哥这么说。

“也就是说，修哥和你是完全不同的人种。”

里琪这么说。然而，她又说像果穗这样的人，“或许只能跟自己很像的人在一起”。

住在不同世界，分属不同人种的我和修哥……

即便如此，两人还是这么相似。这种事真的可能吗？

“不可以回那人身边哟，果穗。”里琪一脸正经地给予忠告，

“和升先生在一起绝对比较好，说起来，升先生就是正常版的修哥嘛，你只要这么想不就好了。”

正常版的修哥，就不是修哥了啊。果穗只在内心这么想，没有说出口。

也不知道怎么搞的，星期二见过的修哥的脸和声音浮现脑海。

尽管里琪说不能和他复合，但果穗总觉得不是这样的。自己和修哥之间，应该不是复合不复合这种用双方之间的距离来衡量的关系。

在达摩寿司店内，认出从后方厨房探出头的修哥的那一瞬间，果穗觉得呼吸变轻松了。明明在那之前也不曾觉得呼吸困难，可是至今仍清楚地记得，那一刻她忽然觉得呼吸变轻松了。

这种可以轻松呼吸的感觉，从那天之后始终没变。

周末，星期六。

吃过午餐，收拾完毕后，果穗坐在客厅里看杂志。这时，从一大早就开始工作的升先生，从工作室里走出来。走到“匚”字形的沙发较短的那边，一坐下来就说：“我有点事想问你。”

升先生坐得直挺挺地说。感受到前所未有的严肃气氛，果穗把杂志放在茶几上，看着升先生。

“什么事？”

于是，升先生从裤袋里掏出一张薄银纸样的东西。

“这个东西是怎么回事？”他问。

看似银纸的是那东西的背面，翻过来便是装了一排排白色药片的蓝色药卡。对果穗而言，那虽是熟悉的东西，一旦拿在升先生手中，感觉完全是不一样的东西了。

在弄懂问题的意思之前，果穗更想知道，为什么药卡会在他手中。

预先储备的份收在衣柜深处，这个月正在吃的份则谨慎地放进手提包带着走，不可能忘在什么地方，也不会是换手提包时忘了换过去。这种药一天服用一次，果穗都是固定在公司里吃。

若不是升先生擅自搜她的手提包，绝对不可能发现。

仔细一看，二十八颗药片中已经少了几颗，毫无疑问，是果穗吃到一半的那张药卡。

低剂量的避孕药一天一定要吃一次。只要忘记一次，避孕效果就会中断。这种药的吃法是连续吃三周后必须停药一周，由于很多人常常一停就忘了再继续吃，所以这种药卡有个特殊设计。药卡上虽然装了二十八颗药片，最后那一排的七天份，药片比其他的小了一圈。这七颗比较小的药，只是为了养成持续服药习惯而加上的安慰剂，也就是假药。

“为什么要吃这种东西？”升先生沉着声音说。不过，他的脸颊和太阳穴都微微发红，升先生非常焦躁时就会这样。

“在那之前……”果穗把脱口而出的话吞了回去。在那之前，你为什么要搜我的包？如果先声夺人地这样抱怨，被抓住弱点的他说不定会更具攻击性。

“你从什么时候开始吃的？”他按捺不住地连声追问。

“上礼拜，去妇产科时顺便请医生开的。”

“为什么？”

“现在手头的工作很重要，在结束这个案子之前我不能怀孕。”

明明从未想过会发生这种事，自己的谎竟然说得这么溜，果穗内心暗自讶异。

“既然是这样，为什么不先跟我商量？”升先生一脸无言的表情。

“对不起！”果穗低下头。

这个人平常一定老是趁我睡觉的时候，像这样偷搜我的包吧。果穗为自己至今浑然未觉的大意感到脸红。

交往的这三年多，自己或许完全掉以轻心了。

明明是连一次都不曾信任过的对象……

“我好震惊。”升先生说。

那你擅自射精在我身体里时，又害我多么震惊，你可曾有过一丁点的自觉？真想这么反问他。

“我真的很犹豫，不知道该不该请你再等我一下。只是，我总觉得那样拜托你太失礼……真的很对不起！”

说出真相很困难，但谎言不管多少都能轻易说出口。

第一次被他射在体内那天，一到公司，果穗立刻去了公司旁边的妇产科就诊，请医生开了事后避孕药。帮阿丸处理堕胎的事时，果穗查过各种避孕方法，就是那时得知有这种“紧急避孕药”的存在。只要在性行为后七十二小时内吃一次事后避孕药，十二小时后再吃一次，就能以相当高的准确率避免不在期待之中的受孕。

同一天她也请医生开了低剂量避孕药，从那之后持续服用到现在。

果穗的低姿态，很快融化了升先生强硬的态度。

“我说果穗。”

把药卡放在茶几上，升先生看着那张药卡好一会儿，才下定决心似的朝她用力仰头。

“我们好好地结婚吧。”他说。

好好地结婚？怎样是好好地？

在那笔直的视线之下，果穗心想。

脑中只有这个念头。

这个人就那么相信每个女人都想好好地结婚？

果穗什么都没说，只是低着头。在脑中从一数到十，伸手拿起茶几上的避孕药，从沙发上起身。

“当击出那支全垒打的瞬间，好像有什么重要的东西消失了，类似心中重要支柱的东西，不是折断也不是损坏，就那么烟消云散地消失了。”

修哥当年那句话，回荡在脑海中。

升先生没有追上来。果穗离开客厅，走进卧室隔壁的衣帽间，将所需最低限度的衣服、存折和印章塞进小型旅行袋，迅速换好外出服。

走出走廊时，工作室传出莫扎特的乐音。

果穗踮着脚悄悄走到玄关，从鞋柜里挑了两双中意的鞋子，装进纸袋。

提着两袋行李，果穗轻轻开门，离开了这个家。

大概再也不会回来这里了吧，可是，一点感伤或不舍的情绪都没有。

总觉得，早就知道这天迟早要来。

7

天空堆积着厚厚的乌云，可是没有下雨。今天早上的天气预报说，傍晚才会开始下雨。

总之，得先找一个暂时的栖身之处。回元麻布老家的选项就免了，但也不能就这样住进里琪家。阿丸现在住在老家不说，一想起前几天晚上里琪说的事，果穗就提不起劲去拜托阿丸了。

果穗的朋友不多，里琪和阿丸都是难能可贵的朋友。话虽如此，也不能说是真能敞开内心深入交往的对象。不只她们俩，至今果穗和谁都无法深入交往，不管是对家人，还是曾经在一起的男人们，都是一样。

对修哥也不例外。

果穗决定暂时找间饭店住，再慢慢找适合的房子租吧。在工作这么忙的时期，这么做固然麻烦，但也无可奈何。幸好手头小有积蓄，不用担心经济方面的问题。

察觉她离家出走，升先生一定会很着急吧。就算不接电话也不回短信，只要对方知道她在哪里工作，要断绝一切接触是很困难的。只能好好谈过再分手了，毕竟那间公寓里还有很多她的私人物品。

只是，升先生不是那种会发狂或恼羞成怒的人。或许会要求复合，只要以坚决的态度面对，他就会死心了吧。

“离婚的时候，我已有所觉悟，今后我的老婆就是工作。”

刚开始交往时，他曾说过这种话。果穗想，那是他的真心话。

升先生是会成就大事的人。

他是个充满热情和野心的人，也是个脚踏实地努力的人。虽然偶尔也会意志消沉，或是对谁展现异样的嫉妒心，但他基本上仍拥有强烈的自信。其实，升先生和父亲很像。果穗很懂得应付像父亲这样的男人，所以和升先生住在一起的生活，对果穗来说毫不费力。

她打算去最近溜池新开的饭店住住看。那里每间客房都备有迷你厨房，一楼还有二十四小时营业的成城石井超市进驻，是一家适合长期投宿的饭店。

走到外苑西大道，拦了一辆出租车。

登记入住后立刻进房间。十七楼的双人房，一个人住，姑且先预约一个星期。往窗外望去，赤坂 Sacas 那三栋高楼看得一清二楚。

果穗坐在床上，出神地眺望那片被窗框切割成小块的景色好半晌。房里空调调控的温度适中，不会太热也不会太冷。昨晚明明睡了很久，现在又渐渐困了起来。

睁开眼时，四周一片昏暗。

果穗急忙从床上跳起来，在打开房间电灯之前，先从放在床头柜的手机屏幕确认了时间。

七点多了。

竟然睡了五个多小时……

开了灯，往洗脸台走去。刷了牙，洗了脸，这才发现镜子里没有化妆的脸有点浮肿。

在迷你厨房烧开水，喝了饭店赠送的咖啡。虽然只是简易的耳挂式咖啡，但香气馥郁，味道也很好。耳挂式咖啡包在国外很受欢迎，出差时当作伴手礼带去，不管哪个国家的人都会露出惊讶的表情，然后称赞“不愧是日本人”。

喝完咖啡就没事做了。

脑中浮现出修哥的脸。

在安静而没有旁人的房间里睡上一觉，醒来后还是独自一人。明天是星期天，不必上班。

回顾过去，每当生活中出现这种空白时光时，自己好像总是会想起修哥。

不是眷恋或想念的心情，也不是思索他为什么离开，只是一个人的时候，觉得心有点空的时候，果穗经常这么做。

修哥是知道的，知道我一点也不喜欢这个世界，更知道我最讨厌自己。不但知道，他还和这样的我在一起，什么也没问就接纳了这样的我。

他连一次都没有问过我，是不是真的喜欢他。

我也绝对不会问他，到底有多么喜欢我。因为不想做那种蠢事来破坏眼前两人持续的同居生活。

交往的那段时间，和修哥几乎没有做爱。连同居的时期在内，做过的次数大概不到十次吧。

这个世界的一切，全部建立于谎言之上。

我们必得活在自己或他人的谎言之中。

我一直是这么想的。

而修哥一定也是。

所以，里琪说的一定没错。

八点过后，果穗走出房间。

出了饭店大厅，才发现正在下雨。没有风，雨正笔直而安静地下着。折返回柜台，借了透明塑料雨伞，搭上门口的排班出租车。

“到要町的交叉路口。”果穗说。

星期六的街道空荡荡的，不到三十分钟就抵达修哥公寓楼下了。

下了车，站在最左边那扇门前。修哥似乎还没回来，从厨房窗户看进去，屋里是黑的。

雨绵密而持续地下着。

果穗走回交叉路口，越过山手大道，往池袋方向前进。她立刻看到了和修哥一起去过的烤串店。

拉开门走了进去。今天晚上店里也很空，修哥坐在吧台前，和上次同一张椅子上。收起雨伞放进伞架，走到他身边，拍拍他的肩膀。一边抽烟，一边看棒球转播的修哥吓了一跳，转过头来。

“晚安。”她弯腰打了招呼，在他身边坐下。

修哥匆忙捻熄香烟。

“怎么了？”他发出讶异的声音。

“没怎么啊。”果穗回答。

有那么一瞬间，修哥脸上出现了困扰的表情。随即什么也没说，只把视线转回电视屏幕。吧台上有喝了半瓶的啤酒、看似没动过的一盘烤鸡肉串，以及一小碟毛豆。

“我从不觉得受不了。受不了那个流浪汉什么的，我绝对没有这样想过。”

修哥不知道是听见了还是没有听见，兀自盯着电视上的棒球赛。

“不好意思，请给我一个杯子。”果穗对吧台里的小哥说，今天没看见上次那个盯着自己看的老板。

小哥一放下杯子，修哥就拿起啤酒瓶倒酒。

把那盘烤串推到果穗面前。

“给我一杯绿茶碳酸酒。”

他板着脸对吧台里的小哥说。

我的有钱

1

结束幼儿园开学典礼的准备工作，回到家时，已经超过九点了。

不只玄关是暗的，走廊和里面的客厅也没开灯。

只有右手边的书房门缝泄漏出一丝灯光。

“我回来了！”

脱下鞋子进屋的同时，书房门也打开了，穿着上下成套毛圈棉运动衣的邦宏慢吞吞地走了出来。

“回来啦。”

打开走廊的灯。

“今天这么晚啊，辛苦了。”

说着，他用力伸了个懒腰，伸长的双手几乎碰到天花板。

一百八十五公分高的个子，无论什么时候看都是那么高大。

不只如此，他还很瘦，因此与其说是大个儿，不如说是瘦长条。虽然我的身高也有将近一百七十公分，但邦宏的高还是显得异于常人。第一次看到他的时候，我就有种能彼此取得平衡的感觉，这也是选择嫁给他的理由之一。只不过，住在一起之后，无论经过多久，我还是无法习惯他的高。

“有钱呢？”

邦宏露出不清楚的表情。

“它的眼睛还好吧？”

今天早上，有钱的左眼有些睁不开，看似要流眼脓。约莫半年前也曾有过一次同样的情形，过了几天也不见改善，带去兽医院一看，才知道它的角膜受了严重的伤。医生责备我“怎么不早点带来看”。那次花了将近三个月的时间，有钱的眼睛才痊愈。

“我想应该没事吧。”邦宏一副好整以暇的样子说。

今天虽是星期五，因为邦宏上周出差的关系，今天请了补休。每当这种时候，他都会把补休请在星期五，利用三天连休专心用功。从新婚时起，他就养成了这个习惯。立志成为会计师的他，为了通过考试已经这么准备了两年。

为什么不好好照顾有钱呢？我出门上班时，明明不厌其烦地一再交代他“要是情况恶化，一定要马上带去医院噢”……

我将差点冲口而出的话吞了回去。

看到他难掩疲惫的脸，我就什么都说不出口。他一定是一直心无旁骛地在用功吧。看来，今天又是从早上到现在什么都没吃。

“你还没吃饭吧？”

果然，邦宏点点头。

“我马上来做。”

我一边说着，一边从他身旁走进客厅，打开电灯。为了方便有钱进出，客厅门向来开着不关。

“有钱。”

一唤有钱的名字，它就从靠墙放置的沙发底下窸窸窣窣地钻出来，走到我脚边磨蹭。

有钱虽是白底茶斑的典型混血猫，不知为何有对特别大的耳朵。

“其实它混有阿比西尼亚猫的血统呢。”

正次在朋友面前总是这么炫耀爱猫，分明一点根据都没有。有钱是我和正次分手前一年，他从工作场所附近捡来的。

蹲下来抱起有钱，仔细端详它的脸，它的左眼被完全干掉变硬的脓给粘住了。

“小邦，你来一下！”

邦宏立刻慌张地靠了过来。

“我们马上去医院，快去把车开来。”

这栋公寓没有多余车位，我们只好把车停在附近的月租型停车场。

“呜哇！”

正从我肩膀后方窥视有钱的邦宏吓了一大跳，那冒失的叫声更让我一阵火大。

"所以我不是叫你好好观察它的状况吗？"

"喂中饭的时候，它看起来跟早上没什么两样啊。"

"那下午呢？傍晚呢？"

在我的诘问之下，邦宏沉默下来。过了一会儿，才用细细的声音说："对不起啦，有钱！"

被我抱在怀里的有钱喵也不喵一声，只是紧攀着我不放。

2

都过九点了，没想到兽医院还有这么多人。

我把装了有钱的猫提袋放在大腿上，等待叫号看诊。邦宏坐在我身边，打开参考书。

他现在是知名食品制造商的业务员，但个性似乎和这份工作不合。从小喜欢数字的他，听说当初进公司时也有希望被分派到会计部门。在信息室工作了两年后，稳重又与人为善的个性被公司看中，忽然将他调去了业务部。

"个性受到欣赏虽然值得感恩，老实说，我只觉得很困扰。"

从刚交往时，邦宏就常说，结婚之后要正式开始念书，准备参加会计师资格考试。

听到"公认会计师"这个词时，我也搞不懂那到底是什么工作。上网查了一番，才知道会计师资格考试的难度之高，和律师资格考试不相上下。

立志挑战这种难关的男人是自己的丈夫，对我来说是件有点骄傲的事。邦宏毕业于无人不知、无人不晓的有名大学，这也是令我自豪的一点。

在我交往的对象中，邦宏是第一个好好读完大学的人。比正次好，他根本连高中都没认真上过几天，再之前的男友大学也没毕业。

有钱在车里叫个不停，现在却安静得一声不吭。母猫本来就比较胆小，警戒心也强，每次来医院，它就名副其实地变得“像借来的猫一样温驯”。

邦宏是个安静的人，只要一开始埋头念书，整个人连存在感都会消失。

“那是因为小枝子没有养成念书的习惯，才会察觉不到我的存在。”

他曾这么说过我一次，令我有点受伤。

从猫提袋的窗口窥看，蜷曲成一团的有钱也正抬起头看我。

四目相接时，有钱似乎很不安，发出无声的鸣叫。

离开和正次同居的公寓时，我想将有钱装进猫提袋，却遭到它的激烈抗拒。在那之前，它从来不曾那样，只要我表现出坚决的样子，它一定会听话。然而，只有那次不一样。

“你是笨蛋吗？”

我第一次打从心底里生有钱的气。

“他对你那么坏，你为什么还这么喜欢那家伙？”

这话一说出口，就发现简直像在说自己，心中一阵苦闷。

有钱这个名字也是正次取的。

“虽然我们真的很穷，至少要让这孩子过有钱的生活。”

所以才叫它有钱……

三个月大的幼猫真的非常小。有钱肠胃不好，只要喂食时间稍不规律，或是一不小心吃多了，马上就会拉肚子。正次很神经质，有钱一开始拉肚子，他就会每隔十五分钟检查一次猫砂盆。就连晚上也会醒来好几次，只为了确认有钱的状况。

“小枝子，不好了，有钱的大便里有血！”

有一次，天亮前我忽然被他摇醒。仔细一看，一颗一颗的大便里，确实夹杂着淡淡红丝，也无法判断那到底是不是血。

正次立刻叫了出租车，为了去一大早就开始看诊的兽医院而跑了好远。检查的结果是，医生说没有异常。

我暗自想着，今天这种状况也是啊。

如果是正次的话，绝对不可能任由有钱的眼睛变成这样而不去理它。

瞥了身边的邦宏一眼，我在心里这么嘀咕。

不只我察觉不到他的存在，这个人也一点都不明白我的这种心情。

3

以前工作的幼儿园前辈的男友，是正次的好朋友。我们的相遇虽然如此平凡，我却一眼就被他吸引。他在一家小搬家公司工作，每到旺季就真的是忙得体重都掉了好几公斤。

“反正我喜欢劳动身体的工作。”

尽管他总是这么说，搬家工人这种职业，如果没办法在日后转成业务员，就是一份无法长久的工作。可是，不善言辞的他，打从一开始就放弃了转任业务员的事。

“要是体力不行了，那就再找别的工作啊。”

他也会这么说。

我喜欢男人的汗味。聪明型的男人和野兽型的男人让我选的话，我绝对觉得野兽型比较好。

“因为小枝子个头很大啊，一般来说，个头大的女人都有点Man。”

交情好的朋友常这么说我，我也觉得自己确实有这一面。不过话虽如此，我几乎不曾因为身高而感到自卑过。

正次家和我家都不是什么正常家庭，所以交往没多久，我们就自然而然地同居了。

进入社会工作第七年了，我领的依然是微薄的薪水，不过相较之下，刚从专科毕业时的月薪更是少得吓人。正次的收入也好不到哪里去，我们的生活过得很拮据。除此之外，我又把一部分薪水固定挪为储蓄。有朝一日开一家属于自己的店，是我俩的梦想。

有钱来家里半年后，正次在工作时受了伤。

这件事，造成一直以来感情很好的我们，关系出现了裂缝。

公司里负责开卡车的新人，在停车时突然倒车，正站在停车位旁指挥的正次被撞得飞了出去。

“连夜去了冈山又赶回来，接着还得赶往另一个地方，那家伙也是累得筋疲力尽了啦。”

即使正次对新人毫无怨言，右脚重伤骨折仍是事实。公司哀求他不要申报工伤，但答应给一笔不小的治疗费做补偿，也愿意在他伤愈之前按月支付薪水。

二十三岁的年轻肉体恢复得很快，出院时甚至可以不用拄拐杖。不过，在来探病的公司同事面前，正次装得比实际情况还痛苦。我也笑着任由他利用了这个机会。

把“需在家静养半年才可痊愈”的诊断书交给公司后，正次出院了。

什么都不用做就能获得一笔数目不小的钱，每个月的薪水还会自动汇进账户。

这种状况持续了没多久，原本热爱工作的正次就完全变了个人。

受伤还不到一个月，他开始沉迷于打小钢珠。原本就喜欢玩这个的他变本加厉，每天都泡在柏青哥店。

即便如此，唯有照顾有钱这件事，正次永远不会马虎。偶尔打小钢珠赢了大钱，他还会买回整箱高级猫食。

“托有钱的福，真的变有钱了呢。”

一手拿着啤酒，正次兴奋地说。

父亲喜欢赌博，不知让母亲吃了多少苦头，我从小就是看着这样的她长大的。曾是出租车司机的父亲，将大半收入浪掷于赛马、竞轮、竞艇，到最后，在我开始上小学的时候，他连家都很少回了。

“我才不要那种爸爸。”

升上三年级后，我老是追着母亲问“为什么不离婚”。

然而，即便是年幼的我也明白，母亲不会和父亲分开。

即使过着那种分居生活，母亲又陆续生了两个弟弟。

一考上幼保专校，我立刻离家独自生活。

因为认清了再那样下去，照顾两个弟弟的责任迟早会落到我肩上。我虽然疼爱他们，毕竟自己的人生更重要。

就读专校的两年，我身兼好几份兼职，学费和生活费都靠自己赚取，父母什么都没有给我。

赌博能毁掉一个人。

我对正次说了无数次，要他别再成天泡柏青哥店。父母的状况，我也早已毫不隐瞒地告诉过他。

“我只不过是打打小钢珠，别把我跟你爸相提并论。”

“我又不是那个意思。总之，只是希望你不要沉迷赌博，你为什么就不能忍一忍？”

无论我怎么说，正次都听不进去。

4

在我们住的这一带，田代神社的樱花很有名。

神社内种了许多染井吉野樱，沿神社流过的荒畑川河畔，也种了一整排壮观的樱花树。

四年前这些樱花树被移植过来时，黄金周假期差不多结束[1]，树上只剩下新生的绿叶。隔年，我和现在工作的幼儿园同事们尽情赏了花。就在那年秋天，在园长的介绍下认识了她的外甥邦宏，那年圣诞节我就接受了他的求婚。两年前的春天，我们的婚礼也正好在樱花盛开的季节举行。

顺利举行完开学典礼的那个星期天晚上，我们外出赏夜樱。

和上次一样，有钱角膜受了伤，不过并不是非常严重，医生说大概十天就会好了。拿的药也和上次一样，是用来修复角膜的眼药水和抗生素。

河边成排的樱花树和神社内的樱花树都被加上了灯饰。

直到昨天还感觉春寒料峭，今天温度就一口气上升，是个万里无云的晴天。幼儿园里的庭樱纷纷盛开，是个难得一见的晴朗开学日。到了晚上，气温依然没有下降，连总是从河上吹来的风也几乎感受不到。

原本打算傍晚过来的，因为邦宏一直找不到适当的段落结束温书，我们抵达神社时，已经是晚上九点过后。即便如此，河堤上和神社周围的赏花游客仍络绎不绝。

参拜道和河岸旁来了不少摊贩。炒面、大阪烧、拉面、炸鸡块、关东煮、烤奶油马铃薯、烤玉米……各种食物的味道与人的体温混

1 日本的黄金周假期为每年四月底到五月初。

杂，再加上新叶与嫩草散发的气味，酿成一股闷热的气息。

我从小就非常喜欢像这样逛夜市。

和正次或以前的男朋友经常出门逛夜市。尤其是正次，和他在一起时，不论是参加烟火大会、神诞祭典或新年参拜，真的都好开心。

正次的身高虽然只比我高一点，无论手臂的粗细、腿的粗细、腰围、体围或颈围……都有我的两倍到三倍粗。逛累的时候，他总能大气不喘地背着我走路，还常在人墙挡住我的视线时扛起我，让我坐在他肩膀上。

“来，请吧。”

他第一次背对我蹲下时，我还真吓了一大跳。

“坐在我肩膀上啊。”

面对突然蹲在我面前的他，我惊讶得不知作何反应。

不过，习惯之后就变得理所当然，周围投射来的好奇目光，反而让我产生一种快感。

被他抱在怀中，我好像不属于自己似的。被视为附属品的感觉，虽然连根剥夺了我的自信与自尊，但我也能因此从忧虑、烦恼和郁闷中解放。

他可以轻而易举地抱起我，背着我或让我跨骑在他肩上，满不在乎地走上好几公里，也没见过他因此显露疲态或满身臭汗。

在神社参拜完，沿河畔来回欣赏一遭成排的樱花树后，我们便踏上回家的路。

邦宏的心情看起来很好，但他绝对不会买夜市摊贩的东西吃。

严格来说，他压根儿没想过要把那些东西放进嘴里。除了肠胃原本就差，从小就被父母严格叮嘱“别吃那种不知道加了什么的东西”长大，也是原因之一。连去看棒球赛的时候，他会买的顶多是商家卖的便当，我也从未和他一起进过快餐店。

“抱歉，这礼拜都要吃吉野家了。”

在热爱的柏青哥店输惨的正次对我合掌道歉。在他还肯好好工作的时期，也曾发生这样的事，我们真的曾经连续好几天都吃麦当劳或吉野家。

现在回想起来，其实那些事也很令人怀念。不过，这些我都没告诉过邦宏，也没打算说。

“去凑屋吧。”

走到离神社已经很远的地方时，邦宏这么说。时间已过了晚上十点。

“好啊。”

凑屋是车站前的日式料理店，通常开到很晚。这家店供应来自全国各地众家品牌的日本酒，是邦宏的爱店。

邦宏只要喜欢上一样东西，就会有持续消费或使用的倾向。不限酒或食物，他的衣服向来统一色系，也拥有好多件同样的衬衫和内裤，球鞋总是重复购买同一个牌子的同一款式。

而且，他买齐的这些鞋子、内裤和袜子等衣物，只要穿戴一年马上丢弃。

“不是还好好的可以用吗？为什么要扔掉？”

一开始我很惊讶。

“真正的脏，是肉眼看不到的噢。”

可是，他用一副理所当然的表情说。

邦宏除了上班的收入外，还有另一份和薪水差不多的副业收入。

从学生时代起，他就投资股票、买卖外币和投资不动产，从中获得稳定的收益。

“我总觉得自己最适合做证券交易的工作。不过，那充其量只有在当作兴趣时才有意思。”

“证券交易是什么样的工作，小枝子你就算听了也是一头雾水吧？”邦宏笑着说。

他将公司薪水全部交给我，个人要用的东西大多从网络上买，扣的是他自己账户中的钱。我用他的薪水支付房租、水电费和伙食费，剩下的钱和我的薪水一起存起来。我们的存款有多少，邦宏也从未过问。

邦宏的老家在离我们家搭电车三站的地方。婆婆在他初中时过世，任职保险公司的公公趁那时离职创业，目前经营一家保险代理店。邦宏和他父亲的再婚对象关系不好，一年只回老家几次。

“我毕业找到工作时，已经以生前赠予的方式拿到父亲的财产了啊，所以不需要勉强自己跟他们往来。”

听说那个再婚对象是公公长年来的情妇，婆婆死后不到两年就住进家里了。

虽然邦宏稳重温柔，但见第一面时，我就知道他是个不会对任何人敞开心扉的人。

5

凑屋客满了，邦宏一点也不嫌烦，坐在店内的椅子上等待空位。他拿出智能手机专心温书，喃喃背诵屏幕上的会计用语和经济学用语。

他的努力总是令我不由得佩服。

等了十五分钟左右，我们被带往一张四人桌。

用生啤酒干杯。

这就表示，今晚他不会再继续温书了。

我们固定在周六或周日的其中一天做爱。话虽如此，只要我生理期来，邦宏就不做，所以一个月上床的次数大概就是三次。以结婚整整两年的夫妻来说，这样的次数算多还是算少，其实我也不知道。不过，对照过往的经验，我想大概算少吧。

尽管不曾明说，我们两人之间有个默契，在邦宏考上之前先不生小孩。

问题是，他开始准备考试已经第三年了，却连一次都没报考过。

“抱着死马当活马医的态度去考也没意义。”

这么说当然也有道理，可是到底还需要准备多久？

好不容易结了婚，我想赶快有孩子。今年秋天，我就要满二十七岁了。长我四岁的邦宏则是六月就要三十一岁。专科的同学们，有一半都当妈了，甚至有好几个朋友已经生了第二胎。

按照顺序吃着每次都会点的生鱼片拼盘、水菜小鱼干沙拉和炸豆腐，邦宏喝的也是每次一定会点的浦霞[1]。

吃饭时聊的话题永远都是园长，也就是他的阿姨。

未婚的园长把外甥邦宏当亲生儿子般疼爱，邦宏也把母亲的姐姐当亲生母亲般依赖。

每周一次，下班后我们会到园长家一起吃晚餐。

“阿姨说，如果我想专心准备考试的话，要不要去她那里。”

然而，今晚邦宏说的话却出乎我的意料。

“去她那里是什么意思？”

这句话的意思我听不太懂。

“意思就是，叫我辞掉公司的工作，到幼儿园帮忙。”

“幼儿园？是说我们幼儿园？”

“对，其实这件事她从以前开始就不时会跟我提，不过，再怎么说也太那个了啊。薪水一定也比现在少很多。”

做梦也没想过会有这种事。

“结果她就说：‘既然如此，和小枝子老师一起搬到我家来住不就好了？反正你们总有一天会生孩子，这样对小枝子老师来说肯定比较方便。’”

1　日本酒的品牌。

"可是……"

从未想象过的事，让我的脑袋一时转不过来。

邦宏从以前开始就会帮忙处理阿姨经营的幼儿园会计方面的事。我们第一次见面时，正巧就是他来园里帮忙的时候。

"小枝子，你觉得怎么样？"

"什么怎么样？"

"就是说，你觉得我辞掉现在的工作，改到幼儿园上班的事怎么样啊。这么做我的确能更专心用功。再说，搬到阿姨家住等于不用付房租，生小孩的事也是……"

"所以小邦你已经很有这个意愿了吗？"

"要是小枝子不想，那当然完全没关系啊。辞职和搬去阿姨家住要当同一件事来看，如果一天二十四小时都和那个人在一起，会让你觉得喘不过气的话，绝对是不要答应比较好啊。"

"我是没有这么想啦……"

光看园长一个女人独自创办了这家幼儿园，就知道她对工作的态度很严谨。不过根本上，她还是个很温柔的人。最让我佩服的是，她对家长托付到园里来的那些孩子付出的深厚情感。再说，如果我真的生了小孩，比起娘家的母亲，园长能帮上的忙肯定多上好几倍。

"反正这事不用急着下定论，你好好考虑吧。"

说着，邦宏津津有味地将日本酒一饮而尽。

6

那年十二月上旬，邦宏第一次参加了公认会计师资格考试。

虽然发榜是隔年一月的事，考试当天邦宏一回家，就以一副事态严重的样子说："今天只考了第一阶段的选择题，可是完全不行。一心果然不能二用，我现在深深明白自己把事情想得太简单了。"

接着又忽然宣布："我决定年底之前把工作辞掉。"

"可是，又还不确定一定落榜。"

我这么说，也有安慰他的意思。

"这样下去绝对不可能考上啦。总之，我必须专心准备才行。小枝子，算我拜托你，让我好好念书吧。这样的话，明年我一定能进到第二阶段的申论题。"

隔着桌子，坐在对面的他对我深深低下头。

今年春天，他负责的区域换成阪神地区，接二连三的出差确实让他没时间好好念书。过去不难申请的补休，也变得不容易了。

虽说那天刚考完，看到平常温和安静的邦宏情绪激动成这样，我也只能做出接受他这个决定的心理准备。

公司准了他的辞呈，他在十二月三十一日当天离职。之后，他立刻展开整天关在书房里的应考生活。元旦三天假期，除了两人一起去田代神社参拜之外，他一直都在念书。

我们也决定搬家了，日期定在二月底。

园长的家就在幼儿园旁，是一栋独立住宅，整层二楼共三间房间都供我们使用，空间算是十分宽敞。

邦宏帮幼儿园处理事务方面的工作，并不是完全没有收入。他在离职时也顺便详细地告诉我，他投资的副业发展得非常顺利，加上几乎不用负担房租，我们的生活可以说没有受到太大的影响。

虽然我得一边上班，一边准备打包搬家，但幸亏邦宏主动接手联络搬家公司的事，自己的东西也自己打包，为我减轻了不少负担。

“手边有事情忙，刚好可以转换一下心情。”

辞去工作专心准备考试的邦宏，变得比以前开朗多了。

比较了几家搬家公司的报价后，他决定委托某间虽非一流，但也颇具规模的搬家公司。

“最后这两间，报价数字几乎一样，不过，这家来接洽的业务员给人感觉比较好。”他这么说。

“这样啊，是什么样的人？”

“他来的时候，有钱从沙发底下跑出来了呢。那个人好像也很喜欢猫，说他以前养过一只和有钱很像的猫。或许就是这一点让我做出最后决定的吧。”

有钱是只胆小的猫，只要听到玄关传来门铃声，立刻躲进沙发底下。家里有客人来时，即便是经常来访的熟人，它也绝对不会现身。它是一只只对饲主敞开心胸的猫，对外人来说只存在幻想中。

听了邦宏的描述，我在心中暗忖“不会吧”。

“有钱竟然愿意出现在外人面前，简直是个奇迹吧。”

与正次有关的事，我从来没对邦宏说过。就连有钱，也只说是我捡到的猫。

“是啊，还有这回事。那个业务员是男的吧？”

“嗯，一位姓泷泽的先生，年纪蛮轻的，给人的感觉很不错。”

果然……正次的全名就叫“泷泽正次”。

那个人换到另一家搬家公司当业务员了啊。记得我离家时，他的脚还有点瘸，或许是留下了什么后遗症吧。

“有钱真是的，是哪根筋不对啊？”

我勉强装出笑容。

内心不断涌现与正次之间的回忆，难以抑制。

有钱夜里开始哭叫，就是从那天开始的。

整个晚上，有钱都大声哭叫个不停。跳下玄关也叫，在走廊上也叫，走进客厅也叫，走进卧室也叫，甚至频频站在邦宏书房门口哭叫。

它从来没有这样过，捡来第三个月后就做了绝育手术的它也不可能发情。

“有钱，你怎么啦？真的这么不想搬去阿姨那儿吗？”

刚开始，邦宏只是歪头不解地问。

然而，当有钱连续七天、十天都在夜里这么哭叫不停后，问题就严重了。

到了这时，有钱不只晚上哭叫，似乎连白天也在屋里四处游走哭叫。

“这样下去，我根本没办法念书。”

邦宏露出束手无策的表情。

半个月后的某天，我下班回家时，到处都没看到有钱。问书房里的邦宏，他的回答是："在壁橱里啦。"

他坐在书桌前，头也不回。

我急忙打开壁橱，被塞在猫提袋里的有钱发出微弱的叫声。

"小邦，这是怎么回事？！"

我抱着有钱回到书房。

"没办法，只能这么做了啊。今天它竟然才过中午就开始没完没了地叫，我根本无法念书。既然厕所也上过了，饭也吃过了，就让有钱待在那里忍耐一下嘛。"

"你从什么时候开始把它关在那里的？"

"傍晚啊。"

"傍晚是几点？"

"就是四点多的时候啊，还不到三小时好不好。"

"你是哪里有毛病啊？"

"有毛病的是有钱吧？我为了念书，可是连工作都辞了。要是搬到阿姨家之后还是这样，要继续养有钱就很难了。"

"这话是什么意思？"

"意思就是，这种状态持续下去的话，只能找别人收养有钱了。"

邦宏说这话时的表情是认真的。

7

正次开始整天泡在柏青哥店三个月后，某天我回家时，发现两人一起存钱的存折不见了。

那天晚上，我向带着酒气晚归的正次确认存折的事。

“搬到冲绳去的好朋友要结婚了，从小那家伙就很照顾我，我想寄礼金去给他，可是手头的钱不够，就从账户里借了一些。下次发薪时一定会还回去啦。”

说着，他从手提包里拿出存折和印章。

我几乎是抢着把存折拿了回来，打开确认上面的数字，发现被提了十万。

“这是怎么回事？礼金要包到十万吗？”

“那家伙真的帮了我很多忙，老实说，我还觉得包十万不够呢。”

正次也恼羞成怒了。

住院后得到的那笔治疗费，还有每个月汇入他户头的薪水，全都被正次拿去打小钢珠了。

“你少骗我！”

“你是怀疑我吗？”

“那种瞎编的故事，谁听了会相信啊？”

“我不是说下次发薪水就会还回去吗？”

“你的薪水还不是全部拿去打小钢珠？”

“你说什么？！”

我忍不住大吼，正次也吼了起来。

隔天，我带着存折和印章去上班，把它们放在我的置物柜里。

从那天起，我和正次就没停止过争吵。到最后，他连在家时都要喝酒，这也触怒了我。

不用说，两人之间完全没有性爱可言。

第一次争执的一星期后，夜里正次想对我霸王硬上弓。我用尽全力推开了骑到身上的他粗壮的身体。

“你不要太过分了！”

他仰躺着，口中酒气冲天，说话的声音比平常更低沉。

我跳下床，打开电灯，开始换衣服。

“你要离开这里吗？”

正次起身坐在床沿，看着我，不由得变了脸色。

那时，有钱从客厅跑进卧室。

它发出细微的喵喵声，绕着正次的脚打转。

我默默换好衣服，从壁橱里拿出行李袋，开始往里面塞衣服。是不是真的想离家出走，我自己也不确定。可是，当时要是不这么做，实在难消我心头之气。

“你是真的想走吗？”

正次再度压低声音，发出低吼般可怕的声音。下个瞬间，他抱起脚边的有钱，站起身来。

“既然这样，把这家伙也一起带走吧！”

劈头就用力把有钱往我身上丢。

事出突然，我根本无法接住有钱，有钱撞上我的右肩，发出凄厉的“喵呜”声，以惊人的速度朝客厅逃窜。

霎时，我的愤怒达到最高点。眼前发生的事令我难以置信，心想再也无法原谅这个男人。

正次站在那里，一脸茫然。

“要走我走。”

他低声抛下这一句，连看也不看我一眼，径自走出卧室。不久，我听见大门被打开，又轻轻关上的声音。

我颓坐在地，哭了很久很久。后来，有钱出现了。

必要的东西分别装进两个行李袋，再把激烈抵抗的有钱塞进猫提袋，我就这样离开了住了整整两年的公寓。

暂时借住在专科时代的朋友家，再找新的房子。租房子的钱则拿我和正次的存款支付。不过在那之前，我已先汇了一半进正次的户头。

差不多一个月后，那笔钱被原封不动地汇了回来。

一发现这件事，我马上辞去了当时工作的幼儿园，搬到现在住的城镇，找了新工作。

8

“壁橱事件”隔天是星期六，邦宏向搬家公司追加的打包用纸箱送来了。送纸箱来的人是正次。

看到我，他愣了好半晌才开口。

“原来你和这个家的男主人结婚了啊。”

这就是他说的第一句话。

那天，说是要去明年春天开学的补习班观摩，邦宏一早就出门了。

正次搬纸箱进屋时，有钱跑出来，不断地朝他大声喵叫。

“带我走。”它仿佛这么对他说。

我从壁橱里拿出猫提袋，有钱乖乖地让我把它装进去。

“有些不得已的苦衷，不能够再养它了。”

我把装着有钱的猫提袋递给正次，他什么也没说就收下了。

我送他们到公寓的大门口。

访客停车格上，停着一辆白色的小货车。

正次先把有钱放在后座，然后自己坐上驾驶座。我看到他走路时，还是稍微拖着右脚。

摇下车窗，正次看着我。

“有钱就拜托你了。”

我低下头。

“小枝子，你也一起来吧。”

他这么说。

“那个男人，和小枝子你一点也不配。”

这时，有钱大大地喵了一声。

绕过车头，我钻进了副驾驶座。

“这样的话，你现在可以先载我去一趟幼儿园吗？”

正次露出不明所以的表情。

“因为存折和印章放在那边的置物柜里。”我说。

伤痕

1

十二月十七日，是在卷田总部长家举行忘年会[1]的日子。总部长前年十月从业务总部调过来，和他一起工作正好满两年，这是在他家举行的第三个忘年会。今年的忘年会也和往年一样，定于最后一个上班日举行。

志摩进公司五年，一直都在资材管理总部工作。

总部长家在高轮四丁目，距离公司徒步约需十五分钟，中间需要越过一个平交道。超过一百坪的工地上，盖着两幢大宅，前方较新那幢是总部长家，后方较旧的洋房是卷田太太翠夫人的娘家。

“这里原本是庭院，知道我们要从洛杉矶回来的时候，家父马

1 日本人习惯于年末举行的聚会，有回顾过去一年、展望新的一年的含义，类似公司年会。

上拆除庭院，盖了这座房子。等到我们回国时，房子已经盖好了。我问：‘这里是要给谁住的啊？’他竟然说：‘给你们住的啊。’把我和智行吓了一大跳呢。”

去年的忘年会上，翠夫人这么说。翠夫人的父亲是航空公司高层，据说也是在高轮一带拥有好几块地的大地主。

和去年一样，忘年会采用的形式是在二楼客厅举行自助餐派对。足足有二十坪大的客厅里，摆了一张大餐桌，也准备了许多椅子。除此之外，还设置了多人座沙发区。翠夫人亲手烹煮的各式料理就放在厨房吧台上，大家自行拿盘子取用，自己找喜欢的地方或坐或站，吃喝交谈。

总部长自豪地在葡萄酒柜中精挑细选的好酒，也会大方地拿出来请大家喝，部门里不少精通葡萄酒的同事，早就等不及要参加这场忘年会了。

今天参加的同事有十五人，和去年差不多。总公司的资材管理总部，包括总部长在内共有三十三个人。这几天大家都忙于参加客户公司的忘年会，在累得身心俱疲的状态下还能有这么高的出席率，说反常也不为过。

卷田总部长的人望就是这么高。

志摩也对总部长很有好感。

卷田智行，四十八岁。一九六五年（昭和四十年）七月十九日出生于福冈县。身高一百七十九公分，体重六十七公斤。毕业于京都大学法学部。外派洛杉矶的美国法人三年后回国，四十二岁就当上总公司业务总部第一部长，四十六岁时转调资材管理总部长，几乎已可确定明年六月就会成为董事兼任业务总部长。以四十八岁的年纪当上董事，比原本也是资材管理总部长，目前担任业务总部长的海江田总部长当年创下的最年轻董事纪录还小三岁。三十岁那年和小他五岁的翠夫人结婚，两人都是公司的员工。曾在秘书室工作的翠夫人是有口皆碑的美女，他们两人结婚时，听说还在总公司内造成轰动。

作为他的部下，和总部长一起工作了两年的志摩，对总部长的事大概就知道这么多。

毕竟总部长生活在一个和志摩完全不同的世界里，翠夫人当然也是。

志摩在信州乡下长大，直到高中毕业才到东京念两年制大学。忙于打工的她还来不及好好适应东京，一转眼就毕业进了现在的公司。像自己这种一无长处的人，能在这样的大企业里找到一份工作，都要拜还算出色的长相，以及公司至今仍鼓励女员工结婚离职的陈腐风气所赐。

不只志摩，卷田总部长对今天聚集来此的其他同事而言，都是一位高不可攀的人物。然而，总部长向来待人亲切随和，又很懂得体恤部下，绝对不会不分青红皂白地骂人。

总部长毫不吝啬地开了好几瓶昂贵的葡萄酒，众人一边尽情享用可媲美一流饭店大厨的翠夫人亲手烹饪的豪华大餐，一边参观从墙壁到柱子无处不展现奢华的宽敞客厅。不夸张，真的是眼珠子都快忙得转不过来了。

美丽的妻子、庞大的财产、傲人的地位，加上英姿焕发的外表及优越的人格，每次看到总部长，志摩总会觉得上天实在把他造得太出色了，甚至有点不真实。

或许因为已经是第三年来参加，心情一时松懈了吧。

今年春天，志摩从内勤调为外勤，第一次正式结束四处参加忘年会的疲劳轰炸，便带着一身疲倦前来。但是最不应该的一点，是她对自己的酒量太有自信，不知不觉喝得酩酊大醉，六点开始举行的派对差不多要结束时，别说和其他女同事一起帮忙收拾，她根本已经躺在大沙发上睡着了。

醒来时，四下安静无声。

掀开不知何时盖在身上的毛毯，志摩站起来。

屋里只开着一盏嵌灯，发出微弱的光。待视线适应昏暗的室内后，逐渐看清鸦雀无声的宽敞客厅里，已经没有半个人。拉起的蕾丝窗帘外也是一片漆黑。

到底几点了？

志摩在沙发角落找到自己的包，从里面拿出手机。

刚过早上六点。算起来，她在这里睡了将近七个小时。

紧握手机，她忍不住喃喃道："怎么办？"

怎么偏偏是在上司家醉倒了……

全身虚脱的志摩颓然坐回沙发。

接下来该怎么办才好？

即便很想就这样默默离开，但无论如何也不能这么做。话虽如此，她也不好意思将早已就寝的总部长夫妻叫醒。只能在这里等到天亮后，向起床的夫人道歉再回去了吧？一想到自己脸上的妆都花了，穿着皱巴巴的衣服，还得在晨光中面对那位美丽的翠夫人，志摩觉得实在丢脸到想死。

怎么办，真的是不知所措。

姑且先转动墙上的旋钮，把屋里的灯打开。走回沙发时，卷田总部长推开客厅门走了进来。志摩刻意调亮灯光就是希望他们能及早发现自己已经醒来。

二楼整层只做客厅用，总部长夫妻的卧室在三楼。一楼是总部长的书房和翠夫人的工作室，前年第一次来访时，大家一起在主人的介绍下参观过。总部长的藏书量惊人，翠夫人画的油画是夏加尔风格的幻想画，在没有绘画天分的志摩看来，美得不像出自外行人的手笔。

“早啊。”

穿着上下成套毛圈棉家居服的总部长先在门边站了站，才朝沙发区走来。平时梳理得整整齐齐的头发，如今有点蓬乱，给人的印象比平常年轻了些。

志摩起身迎接，站得直挺挺的，不敢乱动。

“你终于醒啦？”

“真的非常抱歉！”志摩深深低下头。

“会不会冷？”四目相接时，总部长笑着问。

“不会。”

“本来想找机会叫醒你，叫出租车送你回家，结果高峰小姐你睡得实在太香甜了……”

这番话令志摩的头垂得更低。

“给总部长和夫人添了这么大的麻烦，真的不知道该如何道歉才好……”

志摩偷偷抬起眼神窥视，总部长依然和刚才一样笑吟吟的。

“要不要喝点什么冷饮？”

“不，不用了。”

“那请你先去浴室洗手台洗把脸。高峰小姐家住高圆寺吧，我开车送你回去。”

“这怎么好意思。头班电车应该已经开了，我这就告辞。”

志摩抓起沙发上的包和叠在一旁的外套。

“那可不行。外面还这么暗，从我家走到车站的距离比想象中的还远呢。怎么能让年轻女孩在这个时间自己回去呢。”

卷田总部长的语气变得像在公司时一样。

“总之，你先洗把脸等一下，我也利用这段时间准备外出。”

说完，他立刻走出了客厅。

结果，她还是搭了总部长停在地下车库的车离开。

“只要到附近的车站，哪一站都可以的。”志摩说。

“哎，不要紧啦。反正已经开始放年假了，我今天也没什么预定计划。”

总部长完全不让步。

2

车开过五反田车站，驶上山手大道。

大多数的公司都从今天开始放年假，车站前冷冷清清的，也没什么车经过。虽然不困，因为想知道外面的温度，志摩打开了副驾驶座的车窗。顿时，冰冷的空气灌入车内。

“暖气开太强了吗？”

总部长立刻就想伸手去转空调钮。

“不，不是的。”

志摩赶紧按下电动车窗的开关。

天空已开始逐渐洒满日光。

“看路上这么空旷，光是这样就令人心情很好呢。”总部长说。

“真的很不好意思，也没和太太打声招呼就离开了。”

“别在意，昨天先提议别吵醒你的人就是她。”

“下午请让我再登门致歉一次。”

“没这个必要。再说，她今天要出国。”

“那……”

刚才总部长说今天没预定计划，难道是骗人的吗？

“我不喜欢外国。”

什么都还没问，总部长就先说了。

“在洛杉矶那三年，满心只想快点回日本，所以再也别想叫我住在国外啦。”

“这样啊。”

志摩心想，还真令人意外。

“高峰小姐经常出国吗？”

“我也几乎没出过国。”

进入社会后，和学生时代的朋友去过一次巴黎，还和公司同事去过一次香港。就只有这两次出国经验。

“是吗？那我就放心了。”

不知为何，总部长会这么说。

车开到富谷十字路口，左转进入井之头大道。

“虽然在九州出生，不过比起南方，我更喜欢北方。其实原本想读北海道大学的，不过，京都那冷到骨子里的冬天也不坏。”

“为什么呢？”

“我也不知道为什么，总觉得那样比较适合我。”

志摩这还是第一次和总部长像这样独处交谈。他穿着牛仔裤和红衬衫，外套是米色的优衣库羽绒服。当然，这也是她第一次看到总部长做这种打扮。

“总部长太太要去哪里玩？”

丢下放假的丈夫，在过年前出国旅行的太太也真是罕见。

“不知道，好像是西班牙吧。说是要和大学时的好朋友一起去，大概是打算和男友一起去吧。”

总部长一副理所当然的语气。

"她啊，另外有男人。交往应该有半年了吧，正是打得火热的时候。"

志摩窥视着总部长的侧脸，他也朝她瞄了一眼，轻轻笑起来。

不知该做出什么反应才好。真没想到，那位翠夫人竟然会有外遇，但是不管怎么想，总部长都不像是会开这种无聊玩笑的人。

车从井之头大道转上环七线，不到十分钟就能抵达高圆寺站前了吧。路上还是一样空旷。志摩就住在车站前的一栋旧公寓里。她一找到工作就开始租的房子，到现在已经五年了。去年她才续了第二次的租约。

"很意外吗？"打着方向盘，总部长说。

"是，非常意外。"志摩好不容易才挤出这句话。

"人也好，人生也好，都是一连串的意外啊，真的。"总部长语带自嘲地低喃。

抵达高圆寺站南口时，正好七点。这趟车程花了三十几分钟，天色已经完全亮了。

沿着站前圆环绕一圈，把车停在车站正面的公交车站角落。

"真的非常谢谢您！"

公寓离这里走路只要五分钟。平时这个时间，车站附近应该充满了赶着上班上学的人潮，今天却人烟稀少。

"不介意的话，能再给我一点时间吗？我有话要跟你说。"

总部长一边说，一边隔着车窗四处张望。

"那家咖啡店好像已经开始营业了，去那里好了。"

南口检票口外，有一家贝克斯咖啡店，店里的灯确实亮着。

“这附近有没有停车场？”

“沿着那条小路往前，大概一百公尺有个计时停车场。”

“这样啊。”

总部长马上把车开了出去。

“啊，不过那里只能停三辆车，现在不知道有没有车位……”

浩市在志摩家过夜时，偶尔会把车停在那里。话虽如此，但浩市很少开车来。

“没问题，星期六这个时间绝对有空位。”

意想不到的发展，令志摩吓了一跳。最惊人的还是刚才翠夫人那件事，听了感觉心头闷闷的。总部长说话的语气，似乎也不容她拒绝。

有话要跟你说——刚才他确实是这么说的。

3

志摩点卡布其诺，总部长点深焙咖啡，两人坐在离窗户较远的靠墙四人座。店里的客人包括他们在内，只有六七个人，宽敞的空间一点也不吵闹。

各自脱下外套，披在身旁的椅背上。

“不知道几年没让人请客了。”总部长啜饮一口咖啡说。

“这样啊。”

“嗯。”

他说忘了带钱包，志摩便付了饮料钱。

“不好意思，只能请这种便宜咖啡。”

“不会，还挺好喝的啊。”

对话到这里停了下来。其实并不觉得尴尬，志摩只是无话可说。毕竟眼前这个人，本来就不是会在假日早晨面对面喝咖啡的对象。

“对了……”

喝完第二口，总部长以真挚的目光直视志摩。

他说有话跟我说，到底是什么事？

志摩感到一丝退缩。

“高峰小姐，你会不会怕虫？”

会不会怕虫？志摩忍不住歪了歪头。

“我的意思是，像金龟子啦，螳螂啦那一类的虫。”

总部长到底想说什么？在一头雾水的状况下，志摩回答：“不怕啦，但也算不上喜欢吧。”

“这样啊。”

这次不知为何，他深深点头。

“新婚那阵子，一只蝉跑进当时我们在横滨住的公寓。因为是初夏，所以家里开着窗户，蝉似乎就这么飞了进来。那时是白天，我在公司突然接到翠打来的电话，说蝉一直不走，她怕得只能躲在卧室里，还说她心惊胆战地打开门缝偷看，蝉就停在客厅的柱子上。”

“是……”

“然后，她要我回家把蝉赶跑，马上就要。”

说到这里，总部长像想起什么似的笑了起来。

“当然，我不可能丢下手边的工作离开公司。我所能做的只是告诉她，等一下蝉自然就会离开，你把窗户开着出门去吧。”

“是……”

志摩一点也不明白，为什么他要对自己说这些。

“那天我晚归，回家时蝉当然已经不在了。原来她跟我通完电话后，打了电话给娘家的妈妈。我岳母也紧张得要命，又打电话给她的丈夫，也就是翠的父亲，然后两人一起赶到横滨。我岳母也是讨厌昆虫的人，结果是岳父把蝉赶跑的。”

说完，总部长就沉默了，将咖啡喝光。

“可以再要一杯吗？”他问。

“当然可以。”

志摩点点头，正要起身时。

“你坐着吧。”

总部长制止了她。

“钱给我就好，我自己去买。”

志摩从包里取出皮夹，抽出一张千元钞。

“跟人要钱这种事，也几十年没做了吧。”

总部长一边接过钞票，一边站起来，喜滋滋地说。

带着第二杯咖啡回来，把找的零钱放在桌上，拿起充当“停车费”的五百元硬币，收进口袋。

“谢谢你请客！”

他多礼地低下头。

“刚才您说的话，是真的吗？”

志摩忍不住询问。这大概是她有生以来鼓起最大勇气说的一句话了。

“你是说翠的事？”

“是。”

“真的啊，只是我从没对人说过。”

“总部长无所谓吗？”

“有哪个男人知道妻子有外遇会无所谓呢。只不过，以前也发生过类似的事。当时的对象有妻小，两人之间看不到未来。这次不同，她说不定是认真的。”

“您和太太好好谈过了吗？”

“怎么可能？！”

“为什么不呢？”

“做那种事也没意义啊。将近二十年来，我们两个一路累积了太多忍耐，刚结完婚就发现不对劲了。我想，她为了不要去死，也很拼命在努力吧。”

“为了不要去死？”

“近来我也有点明白她的心情了。”

志摩不解地望着总部长。

“人有时就会没来由地想死啊。仔细回想，这几年一直都有那种感觉。只不过是到了这几个月，才清楚浮现出想死的念头。这么说来，为了不要死，不管什么事也得不择手段去做了吧。”

总部长仿佛要将话语镌刻下来似的，一字一顿地说。

“我原本还以为，自己在少年时期就抛开想死的念头了。如今变成这样才知道，或许那并不是被我抛开，只是冻结在内心深处而已吧。”

他轻声叹了一口气。

“人的心啊，还真是出乎人们意料的东西。”

接着，他又说。

“我刚才说要跟你说的话，现在就开始告诉你。虽然是很重要的话，但我只会说一次，希望你听仔细。”

终于进入正题了。

4

羽田机场第二航站楼五楼有个展望台，对吧？那里有一家叫“CASTELMOLA”的意大利餐厅。明年的今天，也就是十二月二十八日下午五点，我会在那里等你。

并不是谁都可以，这点请你不要误会。这两年来，我一直看着你，很早就决定是你了。我一直在等待这样的机会，可以好好把这番话告诉你。

明年的今天，下午五点和你碰头后，我们就离开东京这座城市。丢掉名字、工作和过去，重新展开一个新的人生。

其实我调查过你的事。你父母很早就过世了，也没有兄弟姐妹，就算你从这世上消失，大概也不会给任何人添麻烦吧。简单来说，我和你是际遇相仿的人。

接下来的一年内，我会为自己和你准备好新的名字、住的地方和工作。

你不需要担心离开东京后的生活，为了让我们能好好活下去，我会事先做好准备。

当然，你可以接受，也可以拒绝。你的人生属于你自己，不属于其他任何人。

不过，我希望能和你一起，去一个没有人认识的地方，住在一起直到死去。除此之外，我已别无所求。

如果你没有来，那我就会放弃。

到时候，我就一个人离开东京。

总之，明年的今天，我在羽田等你。

5

放完年假回到公司上班时，卷田总部长看起来一如往常。志摩醉倒卷田家的事，经过一个假期之后也被众人淡忘了，收假上班那天，跑来问“高峰小姐，你那天还好吧”的只有两个同事。

志摩再度回到平淡无奇、一成不变的日常生活。

虽然改成做外勤，需要总部长亲自出马交涉的大案件，志摩也不可能同行，两人更是连一次也没有独处交谈的机会。总部长对志摩更不曾表现出任何与众不同的态度或视线。

那天早上的事，该不会一切都只是自己的幻想吧，志摩不由得对自己的记忆半信半疑。不过，不管怎么想都不可能。实际上，后来自己寄了点心礼盒和道歉信给翠夫人，也在过完年后收到了她礼数周全的回信。

“新年前后，我和学生时代的朋友一起去西班牙旅行了。外子讨厌出国，我总是一个人旅行，最近似乎已经完全习惯这种事了呢。”翠夫人的信中以幽默的文笔这么写着，随信还附上了精油蜡烛，说是在安达卢西亚买的纪念品。

这封信的内容，和十二月二十八日早上总部长在车内说的事不谋而合。

总部长说，一年后的十二月二十八日，会在羽田机场的展望台等自己，还说要抛弃两人现在的人生，去一个遥远的城市展开新的人生……

说完那席话，他就站起来，头也不回地走出高圆寺车站旁的咖啡店。

那天，志摩默默望着他的背影，茫然不知所措。到底发生了什么事，她始终无法顺利理解，一直到过完年仍是如此。

六月，一如传闻，卷田总部长顺利当上了董事兼任业务总部长。前任的海江田总部长则升为总务常务董事。

虽说业务总部一样在品川的总公司大楼内，但是楼层不同。因此，卷田总部长职务变动之后，志摩甚至完全没和他打过照面。

原本志摩内心曾有一丝期待，以为他会把自己一起带到业务总部，不过这件事并未发生。

送别会那天晚上，志摩与总部长有了睽违半年的短暂交谈。

“别喝太多啦。”

“是。”

如此而已。

那年的十二月二十八日是星期天，最后一个上班日是二十六日。

二十六日的工作只到中午，下午各部门分别在办公室举行同乐会[1]。志摩喝了葡萄酒壮胆后，前往比资材管理总部高七层楼的业务总部。同一年进公司，曾和自己一起去香港旅行的同事去年转调业务总部，志摩便先去找她。

业务总部充满了活力。

志摩一加入酒宴，立刻受到众人的热情款待，甚至还有年轻男同事吹起口哨。

啜饮人家倒给她的白酒，志摩环视着整个宽敞的业务总部办公室。以部门为单位聚集了许多人，气氛正热闹。只是，到处都没看见卷田总部长。

“卷田先生呢？”

志摩装作若无其事地问同一年进公司的那个同事。

“总部长今天休假，好像是感冒了。”

1　日本公司会在过年前的最后一天上班日，在办公室举行名为“纳会”的同乐会，除了吃喝联谊外，有时也会安排余兴节目。

“那今年也不会在他家办忘年会啦？”

“今年本来就没提起这件事。都已经升上董事了，大概觉得可以不用办了吧。”

她的语气意外地冷淡。

毫无收获的志摩回到自己的部门，等到时间差不多才离开公司。

二十八日那天，志摩一大早就去了浩市住的公寓。

她和人事部门的岩濑浩市是在一年半前的公司内部联谊上认识的。不过，两人交往的事并没有告诉任何人。任职于人事总务部门的浩市，极度小心地不让两人的关系被公司的人知道。

既然如此，何必参加公司内部联谊呢。志摩曾这么想过。

“那时，大家都在传资材管理总部的高峰小姐要参加联谊的事，我一听说，就无论如何也想参加。”

刚开始交往时，他这么说。

二十四日，圣诞夜那天晚上，他向志摩求婚了。

“让你等了这么久，真的很抱歉。”

虽然他这么说，志摩却暗自心想“倒也不是在等你”。只不过，有生以来第一次被求婚，还是令她心情激昂。

即便是自己这样的人，也能获得接近一般人的幸福。

浩市是志摩高攀不上的对象。生于东京都会区，从幼儿园开始读的就是庆应。父亲是都立银行董事，祖父则是志摩现在公司的副社长。

浩市的老家虽位于南麻布，但他却自己一个人住在惠比寿的两房两厅公寓。那间公寓是他父母的房产，其豪华程度，是志摩住的高圆寺老公寓根本无法相提并论的。

浩市也感冒了。二十六日晚上开始发烧，当天就去挂了急诊室门诊。尽管并未筛检出流感病毒，但将近四十摄氏度的高烧却一直退不下来，二十八日早上打了求救电话给志摩。

在志摩对求婚做出正式回应前，两人决定先不见面。所以，从圣诞夜那天起，两人一直没有联络。

或许浩市是等得心急了，才会打这通电话吧。求婚的对象音信全无，自己又得了感冒，他一定满心不安。

挂上电话，志摩发觉自己正站在人生的一大岔路口。

这一年来，她没有一天不去想卷田部长说的话。

他提出的虽是令人难以置信的邀请，但随着时间的流逝，那番话在志摩心中越来越具体而现实。

问题其实很简单。

收到求婚的那天晚上，在回家的出租车上，志摩就发现了。

是要跟着卷田总部长走，还是不要。

就这么简单。

之后的人生会变成怎样，志摩根本不在意。

到浩市家一看，他的感冒比想象的还要严重。将近四十摄氏度的高烧依然未退，看起来连呼吸都很困难。志摩勉强帮他换了衣服，立刻带到另一家大学附属医院看急诊。

请这边的医生重新做了一次流感快筛，果然呈现阳性反应。

拿了医生开的克流感，他们再次回到惠比寿的公寓。

到了傍晚，浩市终于开始退烧。因为他说想吃冰激凌，志摩便去了附近的便利商店。结完账离开时看了时间，手表的指针正好指着下午五点。

志摩停下脚步，抬头望向天空。天空被一层乌云覆盖，光线昏暗。

冬天的天空。

“虽然在九州出生，不过比起南方，我更喜欢北方。其实原本想读北海道大学的。不过，京都那冷到骨子里的冬天也不坏。”

“为什么呢？”

“我也不知道。为什么呢？总觉得那样比较适合我。”

一年前和卷田的对话依然清晰。

他一定到北方去了吧。

6

过完年，卷田业务总部长失踪的消息瞬间传遍了整个公司。

志摩知道得更早。收假上班前两天的一月三日，已经从浩市那里听到这件事了。为了这件事，他前一天被上司找了去。

两人一起去神社做完新年参拜，回到惠比寿的公寓时，浩市难掩兴奋地把事情的经过说给志摩听。

“还只有一小拨人知道这件事，所以你绝对要保密哟。”

途中，他这么反复叮咛了好几次。志摩心想，既然如此，不要告诉我不就好了。不过，比起这个，卷田总部长失踪的事更令她内心受到强烈震撼。

他那席话果然是真的。

其实也没想过会是假的，只是一旦真的发生，当时总部长那番话的重量，忽然感觉变得十倍、二十倍沉重。

年底时，翠夫人已向警方报案，警方也立刻对公司提出确认。

“那可不只是为了搜查失踪者的下落哟。”

那当然啦。志摩心想。

名列世界十大重工电器制造商之一的公司精英董事，在过年前毫无前兆地失踪。警方若是不怀疑这当中有犯罪的可能，那才叫人匪夷所思。

“不只警方，连检方都说想来调查。”

志摩不是很清楚这代表什么，只见浩市一脸事态严重的表情。

“听起来，卷田总部长和十年前那件事似乎关系匪浅。一听说这样的人失踪了，检方好像也很紧张。”

根据浩市的说明，十年前曾发生一起卷入不少政商人士的巨额贿赂事件，当时被视为主导行贿的，就是志摩他们公司。当年虽因没有充分的证据，公司最后并未遭到检调搜查，但是东京地检署特搜部暗中展开的搜查，据说有不少成果。

“那时，直接把钱送进议员会馆的人，好像就是卷田先生。公司当然没有承认，不过至少检方还是盯上了他。当时卷田先生隶属的经营企划部，直属上司就是次长海江田先生。昨天，我从三村部长那里听说之后，心里马上就有数了。简单来说，海江田先生和卷田先生能这么早就爬上董事的位了，正是因为他们在那次事件中为公司冒了一次险的关系。毕竟公司现在的副总吉良先生，就是当时的经营企划部主管，现在的总经理堀内先生则是负责企划部的常董。也就是说，目前的经营高层，全都是那件事的共谋者。”

接着。

“事件发生后，卷田先生被派到洛杉矶，一定也是为了让他去美国避风头吧。”

浩市又附加了这一句。

“在洛杉矶那三年，满心只想快点回日本，再也别想叫我住在国外啦。”

志摩想起了当时总部长说的这句话。

接下来的日子，总部长依然音信全无。

警察不只调查总部长失踪前后的行踪，听说也详细追查了他的来历。志摩一一从浩市口中得知这些信息。在公司里，负责对应失踪事件的，是由浩市和三村总务部长组成的极机密小组。站在志摩的角度，她总觉得这也像是某种命运的安排。

为了避免过去的贿赂事件以任何形式被检调翻旧账，公司方面极度警戒，除了配合警方调查之外，还另外雇用了征信社追查总部长的下落。

“查到越多卷田先生的事，越不明白他到底是何方神圣。”

进入樱花盛开的季节时，浩市好几次都这么说。

卷田智行的老家在筑丰，直到高中都是个不折不扣的不良少年。飙车打架样样来，还不止一两次差点被抓去吃牢饭。亲生父亲是黑道，在他出生不久后，就因卷入斗殴事件身亡。此后，在镇上风月场所工作的母亲，与她带回家的男人们一起养大少年时代的卷田。然而，就在他读初二的时候，母亲因滥用毒品而入狱，外公外婆收养了他。

那时的他，已经成为不良少年中的大哥，带领一群小弟，目中无人地称霸过去母亲工作的声色场所。身材高大的他，眼神也犀利得不像个初中生。

根据实际走访卷田故乡的调查员回报，他在高二那年引起的“某事件”，至今仍在镇民心中留下深刻印象。

高二暑假，他手下两名小弟干下非同寻常的事。他们所住的旧矿坑一带，是某大暴力组织的地盘。那两人摸黑侵入暴力组织的事务所，从保险箱里偷了钱和一把手枪。不料干下的好事转眼败露，组织分子找到两人，将他们带到老大跟前，当时这两名小弟都还只是初中生。

“结果，发现他们还是孩子，暴力组织老大就把身为他们大哥的卷田先生叫到事务所，问他打算怎么赔罪。”

浩市又补充说明，这个“某事件”充其量只是地方上流传的传闻，并不是真的有警方介入的犯罪事件。

“你猜，被黑道老大叫去的卷田先生，究竟用了什么方式赔罪？”

就算要她猜，志摩也完全无从想象。

瞬间，黑道电影中切断手指的画面闪过脑海。可是总部长的十根指头都好好地长在手上。

“卷田先生啊，当场向黑道老大借了匕首，不是切断手指而是切腹。就端坐在事务所的地板上切腹了。”

志摩愕然无语。

“不敢相信对吧？”

望着志摩，浩市也是一脸难以置信的表情。

“我原本还以为，自己在少年时期就抛开想死的念头了。如今变成这样才知道，或许那并不是被我抛开，只是冻结在内心深处而已吧。”

志摩再次反思总部长说过的话。

“看到他突然在眼前切腹，就算是黑道老大也不免被吓到了。幸好紧急送医才捡回一命。只是听说他伤势相当严重，在鬼门关前走了一遭。意思就是说，卷田先生不是虚张声势，是真的切腹自杀了。”

在他宣告以死赔罪之下，这件事就此平息。干了坏事的两个初中生也没受到任何制裁，被平安放了回家。不过，人言终究可畏，没过多久，这件事就传遍了整个城镇。

可是话说回来，这个不折不扣的不良少年，最后是怎么成为日本代表企业的董事的呢？难道京都大学毕业的学历是假的吗？

“接下来的事，就真的只是未经证实的谣传了。知道当时内情的人几乎都不在了，只是听说卷田先生出院后，被那个黑道老大又叫去了一次，说是要跟他喝两杯。原来他是看上了卷田先生。不过，据说卷田先生坚持拒绝加入黑道，先前不切断指头也是因为这个，还说如果要他加入黑道，不如让他死了算了。

“听他这么说，黑道老大于是说：‘好吧，你不要再随便浪费宝贵的生命了。’然后给了他一大笔慰问金。相较之下，两个小弟从保险箱偷走的钱，根本是小巫见大巫。”

“就是说，这段内容就比较像是矿镇上的人加油添醋的传闻了。”浩市说。

“后来总部长怎么了呢？”

志摩迫不及待想知道后续，催促着问。

“带着黑道老大给的一大笔钱，从那天起就不知去向啦。从此之后，谁也没有关于卷田先生的消息。有人说他去了博多，重新进入高中上学，也有人说他早就离开九州了。但是他后来考上京都大学法学部倒是事实，毕业后也是以正常渠道进入我们公司，这点肯定没错。”

7

听了那件事后，志摩一直做着同一个梦。

莫名其妙地，梦中志摩和卷田总部长是一对结婚多年的夫妻，总部长从事灭火工作。半夜里，远处传来警钟的声音，睡在身旁的总部长立刻跳下床。志摩也立刻起身，以熟练的动作协助总部长更衣。他穿的是刺绣的“股引”和下摆较长的“印袢缠”[1]，腰间系上衣带。一头短发的总部长自己系上头巾，志摩送他到门口。

送他出门后，志摩也走下搭在裸地上的昏暗厨房，开始准备做饭。在灶里烧柴生火，煮一大铁锅的饭。因为结束工作后，总部长会带着一帮年轻的灭火兄弟回来吃饭。她得事先准备好饭团、热腾腾的味噌汤，以及用大瓮腌好的萝卜，好给大伙用餐。

梦境到这里转换了场景。

众人热热闹闹地吃完早餐后，小伙子们收工回家，每个人的脸都被熏得像煤炭一样黑。

总部长的额头与脸颊也熏黑了，粗壮的双臂上尽是烫伤的红肿水疱。

烧开热水，绞一把热毛巾回房时，总部长已脱得全身上下只缠一条兜裆布。仔细擦拭那壮硕的身躯，从脸、脖子、胸膛、肩膀到腰部、臀部、手臂、腿，全部擦过一遍之后，总部长在榻榻米上仰躺下来。

志摩回厨房，重新取一条毛巾，用装在桶里的热水沾湿后，再次回房为他擦拭身体。

拿下兜裆布，缓缓擦拭总部长的下腹部。

肚脐下柔软的肌肤上，有一道打横的伤痕，宛如蚯蚓般扭曲发红。

志摩总是把脸凑近擦拭干净的伤痕，先轻轻呼一口温暖的气

1　两者都是日本古代消防队的制服，股引是白色短裤，印袢缠是印有队徽的开襟上衣。

息，再伸出舌头，沿着伤痕舔舐。

耳边传来低微的呻吟。

转头一看，总部长的那个已逐渐鼓胀。志摩挑逗地不断来回舔舐伤痕，享受地听着总部长越来越急促的呼吸声。

自己喘气的声音和总部长的呻吟声交缠，志摩的意识渐渐染成一片潮红……

总是在这里醒来。

志摩察觉右手和梦中一样，正抚摸在双腿之间。

竟是做了春梦。过去从来没做过这种梦。可是，自从听浩市说了那件事之后，这个梦开始频繁出现。

志摩是杀了母亲而出生的孩子。

经历了难产的过程，终于生下志摩时，母亲流出了大量可怕的鲜血。不幸的是，生产的地方是乡下的助产院，刚听到志摩的哭声，母亲便立刻昏迷了，几小时后便离开了这个世界。

为了和父亲在一起，受到双方父母反对的母亲几乎可说是离家私奔。深爱母亲的父亲，不知道怀着什么样的心情，迎接这个夺走爱妻性命而出世的孩子。

死去的母亲名叫志摩子。

父亲直接把母亲的名字给了女儿。

“至少帮你拿掉了‘子’。”

只要一喝醉，父亲总是以一副施恩的语气这么说。

“至少拿掉了‘子’。”志摩总觉得这句话不只是对自己，也代表了父亲对抛下他死去的母亲执着的恨意。

曾是邮差的父亲是个老实人，为人诚恳，对工作也很认真。然而，只要一喝酒，他就会性情大变。

志摩的记忆只留下清醒时温和的父亲。另一个父亲被她冻结在内心深处，成为漆黑的冰块。虽然那冰块现在温驯地沉眠在心中，她却无时不怀抱恐惧，担心总有一天冰块会融化。

就这层意义而言，那天早上总部长说的话，志摩完全能够理解。

就读短期大学一年级时，父亲在乡下老家吐血死去。接到消息的志摩回到老家，一看到再也不会睁开眼睛的父亲时，涌现的是她过去几乎不曾体验过的，难以用言语表达的解脱。

志摩心想，如果这世界有什么称得上真正“喜悦”的情感，那肯定就是自己当下的感受了。

8

卷田总部长失踪半年后的七月初，一个叫草薙的人打电话到公司来。

“您是高峰志摩小姐吧？”

他说出了志摩的全名。

“是这样的，关于卷田智行先生，有些事想告诉您，今天方便和您碰面吗？”

男人这么说。

今天早上刚做了那个春梦，听见卷田总部长的名字，志摩不由得心头一颤。

“不好意思，请问草薙先生和总部长的关系是……”

因为还在公司，志摩压低了声音问。

“我们认识很久了，详细的事等见面再说吧。”

听起来对方也有一定的年纪，或许和总部长差不多大吧，声音和说话方式都很稳重沉着。

“为什么打电话给我？”

如果不是从当事人口中听说，不可能有人知道总部长和志摩的关系。

“大约一年半前，卷田先生曾委托我将你打造成另一个人。”

草薙表示，希望傍晚六点能在银座某饭店大厅和志摩见面。

“好的，我明白了。”

说完，志摩挂上了电话。

依照约定的时间抵达饭店大厅。

“我让车子在外面等着。”草薙说。

“卷田先生也来了吗？”

“那倒不是，只是详情无法在这里说，我在附近另外准备了一个地方。”

志摩和草薙一起搭上了在饭店大门外等候的车子。

草薙这个男人个头不高，头发很短，身材瘦削，长相颇有霸气。如果不看体形，散发的气质与卷田有几分相似。穿的虽是剪裁合身精美的灰色西装，却一点也没有上班族的感觉，或许是经营什么事业的创业家吧。外表给人的印象，果然和卷田属于同一个世代。

总觉得，出现在春梦中那帮年轻灭火兄弟里，有一个男人就和他很像。

过了五分钟左右，车停在一栋四面有矮墙环绕、看似高级料亭的建筑前。

白木。

门口挂着一块小小的招牌，上面写着这两个字，入口处的门帘上也有同样的字眼。

走过一条洒了水的石子路，等在前方的是几位身穿和服的女性。一行人并未从正面玄关入内，而是继续往屋旁的小路走了一会儿，来到一栋看似私宅的房子前。质朴的田园风情，令人不敢相信这里位于银座正中央。屋外檐廊旁有一块脱鞋石。

“请在这里换穿室内鞋。”

在走在前方的女性引导下，志摩脱下高跟鞋，踏上檐廊进入屋内。

草薙跟着进来。

屋内没有餐桌，取而代之的，是两张面对面摆放的高脚托盘。

志摩坐在背对凹间的位子，草薙抬头挺胸，从西装外套口袋里取出一张名片递上。

上面写的是：共荣不动产株式会社董事长 草薙廉太郎。

住址为：札幌市中央区南4条西5共荣大楼内。

志摩暗忖，卷田总部长在札幌啊，他考大学所怀抱的心愿终于实现了。

“高峰小姐一定觉得有很多不解的地方，首先请容我说明自己和卷田先生的关系吧。”

高脚托盘上只放着一杯茶，从草薙的托盘旁还搁置了一个铁瓶看来，两人谈话告一段落之前，想必不会有人送任何餐食上来吧。

草薙廉太郎端起茶杯，喝了一口茶。

接下来约莫十五分钟的时间，他讲述了自己与卷田智行之间的关系。话虽如此，关于卷田总部长的来历，志摩其实也已大致听说了。得知这一点时，草薙显得非常吃惊。

他是总部长还在筑丰时的小弟之一。传说中的那场切腹事件中，被黑道押进事务所的两名初中生之一，就是草薙。

“不只警方，我们公司也在拼命找寻卷田总部长的下落。”志摩告诉他。

“原来如此……”

草薙淡定地点头。将原委告诉志摩之后，草薙便一直以“大哥”称呼总部长。

“如果不是大哥在那里赌命，我说不定早就不在这个世界上了。我一直把自己这条命当作大哥交给我保管的，珍惜着活到现在。”

即使总部长出院后不久就从筑丰人间蒸发，草薙也从未有一天忘记过这个大哥。后来，他虽辗转听说大哥从大学毕业，进了大企业上班，但彼时草薙已远赴北海道，正在“那个世界”崭露头角。

“十年前我金盆洗手，做的虽然不是能向世人大声炫耀的行业，但也获得了一定程度的身份地位，才敢在睽违二十年后前去拜访大哥。”

从此，两人又恢复了交流。

“话虽如此，和我这种人往来，对大哥来说只有百害而无一利。所以顶多隔两三年我们才见一次面，在东京聚一聚，喝两杯。

“然后是去年正月，我接到大哥的联络，说希望能借用我过去的本事，帮他伪造户籍与过往经历。那种事对我来说只是小意思，最令我开心的是有生以来第一次帮得上大哥的忙，我高兴得差点都要哭了。去年年底，我就为你们两位准备好了全新的名字和工作，只等你们来用。”

草薙还说，现在总部长已经用另一个完全不同的身份，在薄野经营一家小酒吧。店名叫“爱丽丝”。

“为什么叫‘爱丽丝’呢？”

“这个嘛……”草薙歪了歪头。

“您说想告诉我的，是什么事呢？”

当草薙倒第二杯茶时，志摩问。

“其实，这是临时决定的事。不过，必须到俄罗斯去五年左右。”

“俄罗斯？”

他说的是谁呢？志摩一边这么想，一边反问。

“因为以前有一些纠缠不清的事情，无论如何都没办法拒绝这份差事。也不确定是不是五年一过就一定能回来。好不容易大哥来到我的地盘，我却不能好好照顾他。当然，那家店和他的生活我都再三托付小弟们了，这点不需要担心。可是，他们也没办法再为大哥做更多了。别的不说，大哥自己就不会接受。真要说的话，我跑来找高峰小姐的事，要是被大哥知道，肯定会把我揍个半死。”

说最后那句话时，草薙脸上浮现出羞赧的微笑。

“那么，找我是为了……”

“我就直截了当地说了吧。高峰小姐，您愿意来札幌吗？希望您能来代替我照顾大哥。”

直到此时，志摩才第一次端起茶杯，喝一口凉掉的茶。将茶杯放回高脚托盘，望向草薙那张颧骨分明的脸。总觉得，这人一旦去了俄罗斯，或许不会再活着回来了。

“我九月就要结婚了。”

“这样啊。”

草薙的表情不为所动。

“是的。”

“我觉得你并不适合那种事。”

“为什么呢？”

“没什么值得一提的根据，只是我自己这么觉得而已。”

这时，草薙从外套内侧的口袋拿出一个白色信封，伸长手臂，直接放在了志摩面前的高脚托盘上。

“这是飞往新千岁机场的机票，从今天算起九十天内都可以搭乘。如果您改变主意的话，请用它搭飞机到札幌去吧，大哥一直在等你。”

志摩凝视了信封好一会儿，无言地收进了手提包。

接着，两人开始用餐。不愧是有名的高级料亭，料理的味道果然不同凡响。

“今天和高峰小姐见了面，总算有点明白，为什么大哥会选择与你共度剩下的人生。”

不经意间，草薙望着志摩说。

“高峰小姐和大哥的母亲很像。她可是镇上有名的美人，没有男人不想接近她。不过，她是个不幸的人。”

“已经过世了吗？”

草薙轻轻点头。

“出狱没多久，就因为癌症过世了。是大哥高二那年夏天的事，正好在我们干下那件蠢事的一个月前。大概是服刑时发病的吧。话说回来，吸了那么多毒，原本就不可能长寿……”

之后，在无关痛痒的闲聊中结束了用餐，两人又与来时一样，走檐廊离开。

从那栋别馆回到料亭正门玄关时。

“您先请回吧，今天真的非常感谢您！”

草薙低下头说。

“谢谢您的招待！”

志摩也回以一礼，朝通往大门的石子路走去。

“高峰小姐。”

背后传来草薙的声音，志摩回过头。

“爱丽丝是大哥的母亲以前开的店的名字。”

只说了这句话，草薙便从玄关走进了料亭。

志摩走到晴海大道上。

手表的指针显示时间为七点半。

伫立在街灯下，志摩打开刚才那个白色信封。

里面放着飞往新千岁机场的机票和一张字条，字条上分别写着“爱丽丝”和总部长新家的住址及电话。

现在动身前往羽田机场的话，还有充分的时间赶上最后一班飞机。

志摩缓缓迈开脚步，找寻最近的地铁入口。

星星和小偷

1

刚关掉电灯，掀开床上的棉被时，手机铃声响了。

而现在的时间，早已超过凌晨三点。

我再次开灯，望向放在工作桌上充电的手机屏幕。

膳场佳世子。

看到这几个字，我立刻伸手滑向画面上的“通话”键，把手机放在耳边。

“喂——”

应该是佳世子，只是声音太小，听不清楚。

“怎么了？”

“对不起，大半夜的——”

她的声音颤抖，事情一定非同小可。

"怎么了？身体不舒服吗？"

"有小偷——"

"咦！"

"听见楼下有声音，我下楼一看，看到有小偷。"

"那现在——"

"打开客厅电灯时，对方吓得逃走了。"

"有没有受伤？"

佳世子沉默了，接着开始听见她呜咽的声音。我说了好几次"佳世子，冷静点"。

"有没有受伤？"

"我没事。"

这个回应令我暂时松了一口气。

"那个小偷从哪里跑掉的？已经不在那边了吧？"

"阳台门没锁，可能是真衣看完星星后忘了锁上。"

"这么说来，小偷是从阳台跑走的？"

"对，阳台门开了一半。"

大概是从忘了上锁的阳台侵入室内的吧。那个家的阳台外面做了个有屋顶的大露台，膳场还在的时候，经常在那里观星或烤肉。露台和街道之间只隔着一道矮墙。

"现在那里已经没人了吧？"

"对。"

交谈之际，佳世子似乎恢复了几分冷静。

"那你现在立刻报警。"

“在这种大半夜的时候？”

“当然啊。”

“可是——”

不知为何，佳世子似乎不愿意。

“要是这会儿来了警车，会惊动邻居，把事情闹大的。”

她家位于阿佐谷的住宅区一隅，是膳场两年前盖的新房子。

“小偷都跑进家里了，不快点报警怎么行？”

佳世子再次陷入沉默。

“总之我现在赶过去，电话挂掉之后马上打110，知道吗？”

我用严厉的语气叮嘱佳世子后，自行结束了通话。

手机显示现在的时间是凌晨三点十二分。这个时段开车过去，不用三十分钟就能到阿佐谷了吧。

把车停在门口，我抬头仰望还很新的房子。抱着庆祝新居落成的大盆观赏植物来访，仿佛还是最近发生的事。每次看到这栋房子，我都会想起当时一脸喜悦又骄傲的膳场。

一楼客厅亮着灯，但是没看到警车，也不像有人出入。

我隔着矮墙确认露台内侧的窗户是关着的，然后才按下大门电铃。

“报警了没？”

我问出来应门的佳世子，她默默摇头。

“为什么？”

听我这么一问，她便露出胆怯的表情看着我。这么一来，我就什么都说不出口了。

“总之先让我进去吧。”

我脱下鞋子。

客厅看来并没有太大异常，边柜被拉开了两个抽屉，木地板上散布着淡淡的鞋印。

“有什么被偷了吗？”

“还没检查，我想还是不要乱碰比较好。”

照这情形看来，实在不能不报警。她真的像刚才电话里说的，只为了不想惊动邻居吗？

我没踏入客厅，从上衣口袋掏出手机，递给佳世子。

“总之，请立刻打电话吧。”

2

上午十点过后，我回了一趟位于市谷的住家，只冲了个澡就又赶去采访。结果整晚都没睡。

警察在屋内搜查时，我一直陪着佳世子。真衣也不免受到惊动醒来，三人待在一楼等待，偶尔也上去看看搜查的进展，或接受警察的问话。当然，主要都由佳世子回答。当佳世子告诉刑警我是她已逝丈夫的好朋友时，对方露出讶异的表情。我补充说明他刚过世两个月，而佳世子和真衣除了我之外，没有其他可依靠的亲戚或熟人。

“两个月前，是吗？真可怜……”

中年刑警不由得发出同情的感叹，凝望着佳世子与真衣。

离开最后一个采访地点后，我再次前往阿佐谷。

从东京车站搭上中央线，在摇晃的电车中沉沉睡去，惊醒时已经坐过站了。我赶紧在目的地下两站的西荻洼站下车，从反方向的月台重新往回搭。

不过，即便只睡了短短的时间，深层睡眠也使我完全恢复了精神。走出阿佐谷车站南口时，我拨了佳世子的手机。

尽管时间刚过下午五点，三月初的这个季节，只要再过个三十分钟，太阳就完全下山了。

“怎么样？警方有任何联络吗？”

我问接起电话的佳世子。

“还没。三十分钟前那位刑警打来电话，只说暂时会请派出所加强警察巡逻的次数。”

她的语气听起来有些恍惚，大概有点困吧。

“真衣呢？”

“回来了。”

“好，我已经在阿佐谷车站了。”

说完，我挂上了电话。今天早上我答应过她，入夜前会再过去一次。

没买什么伴手礼。她今天一定哪儿都没去，在家虚脱了一整天。大概也没准备晚餐吧，我打算带她们出去吃，顺便转换一下心情。

佳世子家在距离车站徒步十五分钟左右的地方，地址是阿佐谷南三丁目。不管从中央线阿佐谷站过去，或是从地铁丸之内南阿佐谷站过去，距离都差不多。

按下门铃时，夕阳已开始染红西方的天际。

出乎意料的是，佳世子竟准备了晚餐。

三人围着餐桌，桌上摆了很像样的饭菜。

有红烧石头鱼、干萝卜丝与干贝做成的沙拉、芝麻酱凉拌豆芽菜、茼蒿菜和珍珠菇汤。红烧鱼的酱汁里还有煮得很入味的绢豆腐和牛蒡。

我不知道几个月没吃过红烧鱼了，光闻到那味道就流了一嘴口水。

“因为有看起来很好吃的石头鱼，我就铆起来做了一桌菜。”佳世子一边拿出筷子，一边说。

膳场死了之后，这还是三个人第一次像这样坐在一起吃饭。即便在膳场生前，他们都不曾这么做。

“有没有稍微睡一下？”

甘醇的红烧鱼非常好吃。膳场过去就常炫耀佳世子做菜的技术不输专业厨师。

“在你回去之后，大概睡了两小时。”

真衣默默动着筷子，那张神似膳场的脸，与其说是可爱，不如用聪明伶俐形容更适合。

“要是能长得像佳世子，这孩子的人生也会比较轻松吧，怎么偏偏要像我呢……”

膳场经常一副喜滋滋的表情这么说。

真衣原本就是个文静的孩子，膳场走了之后，她比从前更安静了。守灵夜与葬礼时，她也一直低头强忍泪水，那副模样令人印象深刻，和入殓时哭到引发过度换气症候群的母亲形成了强烈的对比。

我心想，她连性情都和膳场很像。

膳场最大的兴趣就是天文观测，在他的指导下，真衣也一直热衷于天文观测。

“就算是和爸爸的约定，葬礼刚结束，那孩子就又开始看星星了呢。”

佳世子曾有一次忍不住这么抱怨。

吃过饭，佳世子进厨房的时候，我再度向真衣确认了一件事。

“真衣，今天早上我跟你说的事，你又好好回想一次了吗？”我问她。

“嗯。”真衣肯定地点头。

感觉得出她愿意对我敞开心胸。毕竟，我是从她出生起就经常见到的人。对亲戚不多的真衣而言，每年生日都会送她生日礼物、过年也会给她红包的我，大概是个“好人叔叔”吧。

“确定没错？”

“嗯。”

我没再做更多确认，因为真衣是个小心谨慎的孩子。

佳世子对警方说，可能是直到很晚都在露台上用望远镜观测星象的真衣回屋时忘了锁上阳台门。可是，当刑警向真衣确认时，她却回答“好好锁上”了。

这么说来，阳台的锁是谁打开的？

从残留的鞋印看来，小偷肯定是从阳台侵入的。佳世子的证词也证实了这一点。

小偷将阳台门打开一半，侵入客厅，在屋内找寻可下手的物品，刚打开边柜抽屉时，被听见声响而下楼察看的佳世子撞见。她在惊吓之余反射性地打开电灯，小偷就这样被吓到，从阳台逃逸了。

可是，依照真衣的说法，在阳台上观测天文到十一点左右的她，回房前确实好好锁上阳台门了。在那之后，谁也不会去开门。话虽如此，但也没找到小偷撬开门锁或打破玻璃的痕迹。警方好像认为小学四年级的孩子的记忆不可靠，我却不这么想。

真衣确实锁上的门锁，谁又会打开呢？如果不是小偷，想必就是佳世子了。我反而觉得做证门没上锁的她的证词听起来比较含糊。

佳世子端着一大盘草莓回来了。

三人吃着草莓坐了一会儿。

“真衣，你先去洗澡。”在母亲一声令下，真衣乖乖起身上了二楼。

目送女儿上楼后，佳世子似乎松了一口气。

“幸好她看起来没有很慌乱。”我说。

“那孩子比我可靠多了。”

佳世子一边将草莓放入口中，一边用不带感情的声音说。接着——

“哎，研一。”

她看着我。

“在抓到犯人之前，你可以待在这个家里吗？”佳世子说。

3

我和膳场良英结识于复读班。

他是理科班，我是文科班。我在文科班认识的朋友，是膳场高中时的同届同学。不过比起那位朋友，复读生涯中，我跟膳场的交情反而更要好。

我想，那大概是因为彼此都是个性认真的人吧。

膳场教我讨厌的物理，我教膳场他不在行的语文。虽说不完全是拜此所赐，但隔年膳场顺利考上了第一志愿的横滨国立大学[1]。我就不行了，只考上了私立大学的经济学部。毕业后，我进入专攻产经新闻的大报社当记者，膳场则继续攻读硕士，毕业后进入电机企业，从事研究工作。

他还在读硕士时，早一步踏入社会领月薪的我，经常请他吃吃喝喝。膳场进入社会后，或许是研究所的环境比较适合他，不到

1　简称 YNU，是一所本部位于日本神奈川县横滨市保土谷区的研究型国立综合大学。

三十岁就取得了好几项大型专利。很快地，月薪加上专利收入，他的年薪超出领薪水的我许多。这么一来，又轮到膳场经常请我吃吃喝喝了。

一个是跑汽车业界新闻的产经记者，一个是专攻顶尖蓄电科技的研究员，我俩在工作上没有任何交集。不过，我们每个月仍会空出时间相约两到三次，吃遍八重洲和八丁堀一带常去的几家店。我的公司在大手町，膳场的研究所在佃岛，那一带对我们来说最方便。

三十二岁那年，膳场和神代佳世子结了婚。佳世子小他六岁，当时二十六岁，在百货公司工作。在关西出生长大的她，到东京就读短期大学，毕业后直接在东京找到了工作。两人会认识，是出自膳场研究所同事的牵线。膳场的同事和佳世子在旅行途中结识为好友，随后又将她介绍给膳场。

他们交往不久，我就见到了佳世子。

见面前，膳场已让我看过照片。不过实际见面后，我惊讶地发现，她本人比照片更美。

真是不能小看膳场这家伙啊。尽管这么想，我仍真心替交了美丽女友的挚友感到开心。我想，佳世子应该是他第一个正式交往的对象。

就在他们即将举行婚礼时，我也订婚了，对方是在知名汽车制造厂公关部工作的女性，我俩是在采访的场合上认识的。她叫秋吉美贵，和佳世子一样二十六岁。交往不到两个月，我就向她求婚了。

膳场结婚半年后，我也和美贵举行了婚礼。

膳场的父母家在国立市，几年前母亲已经亡故，父亲的老年痴呆症不断恶化，目前住在疗养院。佳世子说：“他大概无法理解独生子突然过世的事吧。”

佳世子则早已和奈良的娘家断绝往来。双亲在她小时候离婚，她归母亲监护，但小学时母亲再婚了。从那时起，佳世子和继父的关系一直很差。

“并不是真的对我做了什么过分的事，但我就是很讨厌他。”

以前曾听她这么说过。

随着上大学的机会来到东京后，包括母亲在内，她和娘家几乎可说是断了音信。她和膳场都没有兄弟姐妹。

两个月前，膳场从高尔夫球场回来时，死在出租车内。

这一年多来，他很热衷于打高尔夫球。他对大部分的运动都没兴趣，除了工作之外，唯一的兴趣就是天文观测。这样的膳场为什么会突然迷上打高尔夫球呢？他甚至还曾强烈推荐连球杆都没摸过的我一起打，可见是真的乐在其中。一月里那非常冷的一天，他和打高尔夫球的伙伴们一起打完整场球，离开茅崎的高尔夫球场后，在回阿佐谷的出租车内心脏病发作。

抵达家门前，司机始终没有察觉出异状。到了之后，那个以为只是熟睡的客人却怎么也叫不醒，司机急忙下车，冲进眼前那个家。叫救护车的人是佳世子。

我接到联络确认膳场死亡后，立刻赶了过去。

“他死了。”佳世子用毫无起伏的声音说。

“这样啊……”

当时我为什么会用那么淡然的语气回答呢？超乎想象的事态使我的心瞬间冻结成冰了吗？

我立刻赶往膳场所在的医院见他最后一面。他看起来只是睡着了，一切一点也不像真的。

佳世子一看到我，表情瞬间放松，眼睛直勾勾地盯着我什么都不说，眼泪扑簌簌地流。我想，在那之前她或许一直哭不出来吧。我抵达三十分钟后，真衣也赶过来了。前一天是星期六，她去朋友家过夜玩耍了。

和真衣一起重新面对膳场的遗体时，佳世子终于哭得不成人形。

被泣不成声的母亲紧抱着，真衣对我报以困惑的表情。小小的眼泪在她小小的眼瞳里闪着小小的泪光。

距今四年前，刚好满四十岁那年，我辞去了公司的工作独立创业。

而就在那正好一年前，我和美贵离婚了。由于和美贵之间没有小孩，我们离婚时没有任何争执。离婚的原因出在美贵身上。

我一直都想独立创业。公司的工作其实做得挺顺利，三十三岁那年我写了一条关于大牌车厂合并的独家新闻，获得了新闻协会奖，在公司里的评价水涨船高。某种程度上，我已经看得到自己一脚踏上出人头地的阶梯，然而一旦走到了这一步，却无法不觉得自己的人生无趣。这段时间，我也开始利用工作空当接受认识的杂志编辑委托，勤快地兼职写稿。其中一位编辑经常劝我不如出来当独立写手。

和美贵正在谈离婚时，那位编辑邀我投稿他们公司主办的纪实文学奖，那是业界有名的奖。他说只要我愿意写，一定让我进最终决选。他是一位优秀的编辑，我决定相信他的话。从离婚到辞职的一年间，我总共用六百张稿纸写下了一部纪实长篇。那是以记录形式追踪描述法国某车厂花了一年时间并购N汽车的作品，我在作品中加入了许多报纸不能报道的极机密情报。

作品的确进入了最终决选，但并未获得大奖。不过，出版社认为这是一部佳作，愿意予以出版。

于是，我毫不留恋地辞职了。

独立之后，我主要为经济杂志、综合月刊和周刊撰写文稿，以此为生。我写的文章内容以企业报道为中心，有时也接受报道文学或游记文学的邀稿，也会看情况写些体育方面的纪实文学，总之就是什么都写。

离婚之后，我回到了现在住的市谷老家。一楼是父母过去经营的五金行，二楼是仓库，三楼、四楼才是住家。父亲八年前过世，母亲仍一点一滴地继续这个小生意。然而，在我回家和母亲共同生活半年之后，她也因心肌梗死辞世。我把一楼店面收了，改成车库，无力整理的二楼则保留原样不动。即便如此，一个人住这栋房子还是太大了。我把床搬进三楼最大的一间房间，工作起居几乎都在这里。

4

结果，那天晚上我在一楼打了地铺。

虽然没有任何东西遭窃，那毕竟是明知有人在家仍于深夜侵入民宅的小偷。佳世子对警察说："小偷戴了只露出眼睛的蒙面帽，看不清他的长相，只能从体形和身手看出是个年轻男人。"

虽然这次被佳世子仓促之间点亮的灯吓得夺门而出，偷窃并未得逞，但假设当时男人出手袭击了她，这或许会演变成严重的事态。这不是小题大做，可能真的会有生命危险。

"那个男人在黑暗之中，没拿个手电筒之类的吗？"刑警问。

"我不知道，当时真的看不清楚。原本以为是猫还是什么闯进来了，所以才会马上开了灯。"佳世子是这么回答的。

纵然认为小偷不会再次侵入偷窃失败过一次的屋子，我还是搬了两张餐椅到阳台门边，垫被也铺得跟阳台的方向平行，为的是随时能对着阳台起身。

那天晚上风很大，这就是春天的暴风雨吗？窗户被吹得嘎吱作响，令人很不舒服。春天大概就要乘着这股强风降临了吧。

我没有将天花板大灯完全关暗，留着夜灯。

仰躺在不习惯的棉被里，眼睛盯着天花板。膳场还在时，我也曾有过两三次借宿这个客厅的经验。每次都是因为喝得不省人事，醒来的时候，发现不是自己的房间而吓一跳。

像这样独自睡在膳场不在的这个家里，我自己都感到难以置信。

要用两个月的时间来确认谁已经不在了，实在还太短。

至今我仍不觉得膳场的死是现实。说来不可思议，傍晚搭着摇晃的电车前来阿佐谷时，半梦半醒之间，我忽然觉得佳世子在客厅里遇到的那个男人，搞不好就是膳场。如果真衣说得没错，阳台门确实上了锁，只有不是人的鬼魂，才能够不用开锁就进入室内吧。

死去的膳场是否像这样每夜回到家人等待的家？

昨晚只是刚好被佳世子撞见而已？

就算是鬼魂也好，真想再见膳场一面，好好把话说清楚。和他的交情长达四分之一世纪，关于那件对我们两人而言比什么都重要、绝对不能视若无物的事，我到最后却连一句话都没能对他提。

膳场会迷上一点都不像他会喜欢的高尔夫球，而后这么干脆地告别这个世界，或许都是那件事害的吧……

在那件事上，我没有对他采取任何行动，说不定对膳场而言反而是最大的惩罚。

那件事之后，我仿佛什么都没发生过似的和他一起喝酒，偶尔还拜访他家。说不定，他早就暗自从这样的“挚友”身上，嗅到一丝恶意与执拗的报复心。个性分外单纯憨厚，从头到尾是个彻底好人的他，对于这种错综复杂的不正常现实，大概早就感到筋疲力尽了吧。

不是那样的，膳场……

我仰望昏暗的天花板，在心中低喃。

真的不是那样……

错的不是你，一切的错都在我……

好不容易开始打盹时，我听见背后传来声响。我赫然朝背后望去，只见客厅门打开了，穿着睡衣的佳世子站在那里。她手中拿着一根长棍状的东西，昏暗的光线下看不清楚那是什么。

“怎么了？”我主动开口问。

于是，佳世子朝我走近，我慢慢起身。

佳世子端坐在棉被旁，把手中的东西递给我。

“这个……”

她的表情显得很凝重。

“这是什么？”

我接过那东西，忍不住笑起来。

“可是，万一小偷来的话，这个就能派上用场了吧？”

她拿给我的是高尔夫球杆。

“这是膳场的？”

佳世子点头。

“过世隔天，高尔夫球场的人送回来的。”

“这样啊。”

“那天，那家伙也用了这东西啊。”

我紧握铁杆把手，不知道这是几号铁杆。

窗户依然嘎吱作响。

“风好大。”佳世子低声说，“今晚来不是很好吗？”

“什么？”

“不是啦，我是说昨天的小偷，今天来的话，他的声音就会被风声盖住了。”

佳世子皱起眉头。

“什么都没偷就跑了，真是蠢男人。”

她冷冷地说。

我把手中的球杆放在地上，宛如在棉被上的我与面前的佳世子中间拉出一条界线……

“要是没抓到怎么办？”

佳世子看也不看球杆一眼，盯着我的脸问。

“小偷吗？”

“对。”

我一沉默下来，佳世子就说：“我们是不是最好搬出去。”

“什么意思？”

“因为，总不能叫你一直住在这里吧？”

“话是这么说没错啦。”

我原本没想太多，以为只要自己在这里住两三个晚上，佳世子就会没事了。的确，昨晚的小偷被抓到的可能性很低，要我一直在这里住到逮到小偷为止，这打从一开始就是不可能的事。

“我和真衣搬去市谷住怎么样？”

佳世子说得一副理所当然的样子。

5

为什么无法拒绝佳世子的要求呢？

只是，如果不答应的话，还有什么其他的办法吗？事实上，我到现在仍无法回答自己这个问题。要刚失去丈夫的她和女儿继续住在深夜曾被入侵过的家，这的确很困难。或许乐观的人会觉得那种事不会再发生第二次吧。即便如此，一时之间还是无法不提心吊胆。如果有丈夫，一定会要他早点回家。既然家里只有女人，肯定得找个值得信赖、有血缘关系的男人来住一阵子。既然没有可以依靠的男人，暂时寄居在亲近的人家也是不得已的办法吧。比方说父母或兄弟姐妹的家，或是好友的家……

我家能不能算是"好友的家"，这又是另一个问题。

"小偷说不定知道良英一月时已经过世了……"

无论如何都无法否定佳世子的这句话。如果小偷是先得知膳场的死才硬闯进来的话，等风头过了，也不是没有再试一次的可能。

"我会付房租的，就当我们是房客总可以吧。"

我在市谷的家，佳世子和膳场一起来过好几次，知道里面是什么样。她也知道，我只会窝在三楼其中一间房间，四楼的两间房间都可以供她使用。四楼原本是父母住的地方，所以厨房、浴室和厕所都在四楼。三楼也有个小厨房和简陋的厕所，除了必须共享浴室之外，要分开生活并非难事。虽然老旧，但房子也配有电梯。

真衣上的小学在九段，从市谷上下学对她来说更方便。

早上醒来时，佳世子已收拾好行李等着我。

真衣去上学了。

“我已经跟真衣说了暂时要住在研一叔叔家，今天放学后我会去接她。”佳世子说。

“可是，四楼还没打扫，也一直没好好通风。再怎么说，今天晚上就要住也太勉强了吧。”

佳世子一副立刻就要实现昨夜那个提议的样子，令我有些慌了手脚。

“所以才要赶快去啊。我想在傍晚之前打扫完，也得去买齐各种生活用品呢。我预约的出租货车再过一小时就到了，你也快点做回家的准备吧。”

只说了这些，丢下一句“我还没打包完”，佳世子又快步走上二楼，连杯茶或咖啡都没倒给我。

出租货车真的九点半就开到门口，我和司机两人把几个纸箱的行李搬进宽敞的货车厢，十点一到，我就和佳世子一起离开了阿佐谷。

“不要太担心，我们不会妨碍你工作的。”

车一开动，坐在副驾驶座的佳世子就这么对我说。

回到市谷的家，佳世子手脚利落得令我佩服。也幸亏这天是个晴朗温暖的日子，她先把四楼窗户全部打开，用吸尘器吸地，又擦拭了所有家具，晒了棉被，又把不需要的东西搬到二楼仓库去。父母的遗物我大致整理过了，即便如此，还是有些杂物尚未处理。

她似乎想直接使用那些日用品。

“你爸妈用的都是好东西呢。”

打扫完毕，一起在四楼厨房喝茶时，佳世子说。

母亲过去爱用的橱柜、餐具柜和化妆台，都被她擦得闪闪发亮，简直不像原本的东西了。

房间瞬间脱胎换骨了。

这么一来，今晚就要入住也完全没问题了吧。

我从下午开始写稿，佳世子则开着我的车去超市和大卖场。原本打算晚上三个人一起出去吃，她却从卖场发了短信来。

“晚饭怎么办？”她在短信里问。

“附近有间我常去的店，我请客吧。”我回复说。

“我来做饭。”她只回了这一句。

她准备的晚餐有炸竹荚鱼和炸肉饼、酱煮鹿尾菜，以及青江菜蟹肉豆腐汤。三人围着四楼三坪大厨房里的餐桌吃饭，真衣说了很多学校发生的事。她突然开朗起来虽然不可思议，但想必她一定很喜欢这个新家。

“下次可以带朋友来玩吗？”吃过饭，正在吃佳世子削好的苹果时，真衣问。

“又不是要一直住在这里，当然不可以。”佳世子很快地回答。

“可是，还住在这里的时候，带朋友来有什么关系？”

真衣鼓着脸。总觉得好久没看她露出这种孩子气的表情。

“对不对，叔叔？”她征求我的同意。

“是啊。”我只能点头。

一眨眼，一个月过去了。

沿着外壕种的整排樱花树盛开那天，很晚才回家的我接到了佳世子的电话。

“你要不要上来？真衣已经睡了。”

这一个月来，佳世子一次也没到过三楼，外出时也一定搭电梯下楼。只有真衣偶尔会到我房里玩，那时候我们都会玩扑克牌。一开始虽然是我教她，但真衣不愧是膳场的女儿，玩得越来越好，现在三次里就能赢我一次了。

“已经不看星星了吗？”我一边洗牌，一边问。

“嗯……我不知道。”真衣说。

“顶楼可以上去，晚上从这里应该也能观测天文的。”

“嗯……”真衣歪着头。

望远镜应该带来才对，我想或许是佳世子不准，但并未追问更多。

上了四楼，佳世子一脸严肃的表情等着我。我们分别在四人餐桌的两侧坐了下来。

“怎么了？”

我一问，她就拿出了一个信封放在桌上。

“这是这个月的房租。”

我看了信封一眼，视线再次回到佳世子脸上。

“不需要啊，你不是还做饭给我吃了。”

早已料到会是这么回事，我立刻说出了事先想好的说辞。这一个月来，我每隔两天就和佳世子她们一起吃晚饭。菜钱我也没出，原本就打算当那是房租。

“不可以这样。”

佳世子的语气强硬了几分。

“为什么？”

“因为，我们已经不打算回阿佐谷的家了。”

她这次也说得像是不当一回事。

6

美贵似乎不知道膳场死了的事。

一时之间说不出话来。

“真的吗？”

然后才这样反问。

“真的。”

我一点头，她又低下头沉默了许久。

进入五月，佳世子母女已经在我家借住两个月了。

当然，这件事我没准备告诉美贵。

因为很久没来横滨，我便顺道跟美贵打了声招呼。一方面想告诉她膳场的事，一方面也是有事想向她确认，两件事都是不能在电话里说的。

美贵说八点之后就能下班，所以我们约了八点半在她公司附近的饭店酒吧碰头。公司两年前才将总公司迁回横滨，所以我还没看过美贵在横滨工作的模样。

上次见面是一年前的事。话虽如此，那次也只是在青山的旧总公司大楼举行的新车发布会上偶然相遇，站着说了几句话而已。像这样好好坐下来面对面说话，大概已经暌违两年了吧。上次，就是她告诉我即将再婚那次。

“是自杀吗？”美贵抬起头问。

“怎么可能？！”

我详细说明了状况，美贵没有点头，也没有插话，只是无言地听着。

“他应该像我一样放弃才对……”

美贵宛如自言自语地这么说了之后，又用尖锐的语气加了一句：“结果，还是等于被那个人杀了嘛。”

我和美贵正式离婚后，偶尔还是会一起吃饭喝酒。好几次喝醉了，也曾在她家过夜。那么过了两年之后，美贵交了新男友，我们才不再经常碰面，当然也不再同床共枕了。那个男友就是她现在的丈夫，是美贵公司的执行董事之一，也是相当受高层赏识的潜力股。这个人的前妻很久以前就死了，据说他一直暗恋美贵。还没离婚的时候，我就听美贵说过他对她有意思，一得知她离婚，对方似乎立刻正式展开了追求。

因为采访的关系，我也见过那人几次，比美贵大十岁，是个稳重有教养的男人。我想，美贵真是找到了很适当的再婚对象。不过，有些过于纤细的他，要爬上经营高层的机会或许不是那么大。

过了不久，美贵为了工作的事找我商量。她现在仍待在公关部，去年升为主管。三十八岁就当上主管，可以称得上受重用了，包括未来的仕途在内，她人生最重要的舞台正要揭开序幕。

我给了她几条不同车厂的机密情报，和过去一样，美贵兴致勃勃地侧耳倾听。其中她最感兴趣的，是关于她公司正在住院的董事长真正的病情。

“和公关部这边听到的消息完全不一样。”

她惊讶得瞪大了眼睛。她所在公司握有实权的董事长，和现任总经理已经不和好几年了，经营高层间的龃龉，使得美贵公司的前途蒙上了一层阴霾。

总经理阵营的人在公司内部带起风向，散播住院中的董事长病情陷入绝望的消息，希望借此获得各位董事的支持。然而事实却是，一个月前从美国秘密进口的最新标靶药物已经奏效，董事长的病情有了奇迹般的好转。现在，董事长派的人马正在着手击垮总经理派的阵脚。

“下个月董事改选时，你们家的总经理恐怕就会被架上副董事长的虚位了。”

听我这么一说，美贵惊愕得说不出话来。她丈夫向来摆明了是总经理阵营的人，但是美贵也很清楚，从我这里听来的人事情报很少出错。

“那新的总经理会是谁？”

“这个我就不知道了。”我苦笑着回答。

事实上，我当然也听说了下任总经理的名字，只是没必要连这都告诉美贵。我的情报来源是成功康复的董事长本人。上星期，我刚拜访了住院中的董事长，在特别室内听他意气风发地畅谈如何拿下那个总经理的计划。

“对了……”

彼此点的第四杯饮料都送上来时，我终于进入今天的正题。

“以前我也问过你一次，膳场知道他和你的事已经被我知道了吗？”

美贵一定满心都是丈夫将来的发展吧，望向我的眼神像是在说“为什么现在又提起这件事”。

“这个嘛，很难说。”她语气冷淡地说。

“不过，那又怎么了吗？”这次她带着调侃的眼神反问道。

“不是啦，因为那家伙突然死了，我突然很想知道这件事。”我打了个马虎眼。

“我想他应该不知道吧。和我的事就只有那么一次，我又是那件事过了很久之后才和你离婚的，他怎么也不可能猜到竟然是我自己对你坦承的吧。”

“也有可能觉得是我自己发现的啊。”

“那不可能。”

美贵笑了。

“你在掩饰这种事上根本就是天才，连我都差点被你骗了啊。连跟你结婚的我都花了好几年才发现，他更是完全不可能察觉。再说，他比你正直，但也迟钝多了。”

最近，我偶尔会有种膳场其实什么都知道的感觉。

“打从一开始我就知道，你心仪的只有一个人。无论从前还是现在，都只有那一个人。不过，膳场当然不可能没察觉那人的心意。否则，就算只有那么一次，他也不会答应我的诱惑。”

我一边咀嚼美贵的话，一边思忖膳场的心情。

得知我们离婚时，膳场可曾以为原因是他和美贵那件事？正如美贵所说，我们是在那件事发生一年多之后才离的婚，我相信美贵说的“只有那么一次”是真的。

即便得要这种卑劣的手段，美贵也想让我和膳场断绝往来。她之所以和膳场上床，目的是造成既成事实，并且让我知道。所以，他们只需要发生一次关系就够了。

然而，尽管听了美贵的坦白，我仍装作没有这件事，继续和膳场往来。看到这样的结果，美贵才会放弃维持我们的婚姻。

“我早就知道会这样了。不过，也多亏这样我才能放弃。”

把填好的离婚协议书塞给我时，美贵这么说。然后，她又附加了一句：“身为一个人，你和她真的都很恶劣。”

我连一句话都无法反驳。

“我到底做了什么？”

在最后关头，平常被我拿出来当挡箭牌的这句话，怎么也说不出口。

“话说回来，这么一来你们就称心如意了吧？”

喝干第四杯酒，美贵看着我说。

我试着装出讶异的表情。

“又来了，少装出那个脸。”

她用嘲弄的眼神看着我。

“你到现在还以为，只要这样装傻到底就不会伤害我吗？”

看来她也有点醉了。

“你就是这种地方最恶劣。”

她不屑地丢下了这句话。

7

佳世子母女俩来到市谷第三个月的六月某日。

佳世子首次进了我的房间。

那时，我正在吃充当午餐的快餐杯面。

“哎呀，好像很好吃？”瞧了一眼杯里的面，佳世子说。

“你要吃吃看吗？我再泡一杯给你。”

她摇摇头。

“我吃一口就好。”她说。

我把自己用的筷子递给她，她便津津有味地吃了起来。

“好久没吃这种东西了。”

吃了两口，她把面还给了我。

在我吃完前，佳世子一直坐在两人座小沙发上东张西望。

“没想到还挺整洁的嘛。”

我向来不讨厌打扫。还在当记者时，公司里也只有我的办公桌永远维持得整齐干净。尤其是当了自由撰稿人之后，开始写起种类繁多的原稿，房间无论如何都会被与采访有关的书籍及书面资料占据。

把杯面容器和免洗筷拿去小厨房丢掉后，我又从冰箱里拿出了两罐柳橙汁。回到工作用的椅子上，我转过来面对佳世子。

“怎么啦？”

“想拜托你一件事。”

接过其中一罐果汁，佳世子说。

“一楼车库借我一半好吗？”

“借你？”

“只是停一辆车不需要那么大的空间，借我一半，我想在那里卖便当。”

“便当？”

我不知道她到底想说什么。

“对，手工便当。”

“手工是谁的手工？”

“我的啊。”

她回应的语气之中难掩烦躁。

尽管我并没有同意，一星期后佳世子再次来到我的房间。平常有话要说时，她都会先打电话确认我方不方便，而且通常由我上四楼，上次和这次她都是故意要杀得我措手不及。坐在沙发上，她递出拿在手中那张纸。

“你可以看一下吗？”她说。

那是一张设计图。我乍看之下认不出是什么，仔细一看，竟然是一楼车库的设计图。原本的空间用一道墙隔开了，右边是车库，左边看似是个厨房，左侧空间的后方还画着调理桌和料理台。

“大概是想改造成这样。只要你答应，明天就可以开始施工。”

我傻眼地看着佳世子。

“你不是说只要借车库一角来卖便当吗？而且只做午餐时段不是吗？”

“原本是那么想的没错啦，可是仔细想想，总觉得一开始就做成店面比较好。”

“呼——”

“当然，施工的费用一切由我负担，也会付房租给你，离开时一定会恢复原状，所以你什么都不用担心。”

“不是这个问题。”

佳世子只想到她自己，那种态度和口吻令我火大。再说，就连现在我也没收过她的房租。

“什么都没跟我讨论就自顾自地做出这种计划，还擅自进行下去，最后告诉我明天就要施工，这简直太乱来了吧。这里是我家，你们只是暂时借住而已。再说，什么不打算回阿佐谷的家，你说那种话也让我很困扰，我连一次都没说过无所谓吧？”

“我又不是已经擅自在进行，现在不是来跟你讨论了吗？如果你说不行，就当没有这回事啊。阿佐谷的事也一样，你又没说不能继续住在这里，如果你想要我们搬走，那你应该说啊。”

我的话似乎刺激得佳世子恼羞成怒，她咄咄逼人的语气反而让我狼狈不堪。

“需要的话，我也可以制作一份正式合约，不然只试运营一年也可以啊。这样就没问题了吧？”

“我跟你说过不是这个问题了。”

“不然是什么问题？”

“已经三个月了，虽然那个小偷没被抓到，但是空在哪里的房子也没被人闯过空门。我觉得你们差不多可以回阿佐谷的家了。”

“简单地说，你就是要我们走。”

“不是这个意思，但是那里才是你的家，膳场的牌位也还在那里啊，总不能一直把家空在那里吧？”

我甚至想说，别让膳场的牌位孤零零地待在那个家的二楼。

“如果是牌位的话，我早就带过来了。”佳世子一副看透我心思的语气。

这件事我根本没听她说过。

“‘早就’是什么时候？”

“就是跟你说不打算回阿佐谷的隔天啊。”

“我怎么没听说？”

“我只是做了理所当然的事，还以为这种事不说你也会知道。”

“我怎么可能会知道。”

“那，现在这样就没问题了吧？”佳世子得意地说。

“我想卖掉阿佐谷的家。”

她又补充道。这句话令我愕然失语。

“你这是什么意思？”

“意思就是要卖掉那栋房子啊。卖房子的钱，我打算用来一次性付清良英他父亲住八王子疗养院的费用。”

我听膳场说过，阿佐谷的房子是用现金买的。那栋房子还和全新的没两样，大概能卖个五六千万。

“良英还在的时候，为了节税，才会用按月支付的方式付疗养院的费用，现在已经没有那个必要了。爷爷的老年痴呆症虽然越来越严重，但身体还很硬朗，今年也刚满七十岁。接下来，我希望能让他尽可能过轻松的日子……”

这么说来，她是打算拿剩下的钱当开店资金吧。

“往后我得靠自己的力量和真衣一起活下去，所以我开便当店也不是为了兴趣或好玩。别看我现在这样，在百货公司工作时，我可是业绩最好的销售员，对需要面对客户的生意很有自信。我也说过很多次了，房租我会付，绝对不会给你添麻烦。所以拜托你，给我这个机会吧。”

佳世子态度一变，用恳求的语气说着，对我深深低下头。

8

便当店在梅雨季中开张，或许反而是一件好事。佳世子的便当店“Beemsun”从一开始就生意兴隆。

“为什么叫 Beemsun？”

我问佳世子，才知道她以前在百货公司工作时，卖得最好的商品就是比利时进口的餐具品牌“Beemsun”。在嫁给膳场之前，她一直负责西式餐具卖场。

“听起来不像便当店的名字吧？就是这样才好，而且还很像把‘饭团’这个字倒过来说。”[1]

这家“Beemsun”最大的特征就是便当盒。便当的价格多半为五百日元，最贵的烤肉便当是六百五十日元，海苔便当或饭团便当则是三百五十日元，价格和一般便当店差不多。可是，用来装这些食物的便当盒却和便利商店或其他便当店卖的塑料盒完全不同。

她用的是外面印上大大绿色“Beemsun”设计商标的纸餐盒，餐盒本身还附有提把。

乍看之下不会以为这是便当盒，更像装外带蛋糕的纸盒。

“那种塑料盒不能折叠，为了做垃圾分类，丢弃前还得先洗过，没办法吃完就丢。这种纸盒成本虽高，吃完后可以折成小小的拿去丢，而且设计得很可爱不是吗？”

看到纸盒的试作样品时，我也直觉这个一定行得通。

午餐时间的客户群几乎都是市谷附近的粉领族。过了午餐时段，依然有学生和上班族们来排队。到了傍晚，又轮到刚下班的女性们来排队。

店里的招牌和门上写着大大的“讲究蔬菜的 *Beemsun*！”及“本

1 饭团的日文罗马拼音是 musubi。

店便当和熟食，只使用直接向兵库县契约农家采购的无农药、少农药蔬菜”等字样。

下午五点过后，不只卖便当，各种熟食、便菜也会摆进展示柜里贩售。从傍晚开始，不少以熟食为目标的客人被吸引上门。

负责做菜的除了佳世子，还有两个来打工的女生。三人在店里分工合作，结账则由手边有空的人轮流去做。

所谓“兵库县的契约农家”，似乎是佳世子的舅舅。她对奈良的娘家依然不闻不问，和那位舅舅却从小感情就很好。舅舅和他的姐姐，也就是佳世子的妈妈关系并不好，因此她和舅舅一直保持着联络。为了开便当店而拜托舅舅提供蔬菜时，听说他二话不说就答应了。

夏天结束时，“Beemsun”的营业额开始急增。

我拜托旧识的编辑，在好几本杂志上做了介绍，广告效果很好。不过，最主要的原因还是做出了口碑。

忙碌的工作使得佳世子越发神采奕奕。打工的人手也在不知不觉中增加为五个人。

真衣已完全适应住在市谷的生活，经常带朋友回家玩。晚餐时，店里卖的熟食频繁出现在餐桌上，不过毕竟是亲手做的，还是非常好吃。

我一如往常地陪伴真衣，偶尔佳世子下去一楼厨房就不再上楼，只有我和真衣在餐桌边相对而坐。这种时候，真衣会说很多话，有时聊佳世子，有时聊学校的事。

“妈妈说，她在开店之前头上多了三个圆形秃呢。”便当店开了差不多一个月时，真衣这么说。

听了这话，我也不免担心起来，便去找佳世子问。

“那孩子真是的。”佳世子笑着让我看秃掉的地方，“不是说过了吗，别看我这样，我可是很拼命的。”其中两个地方的头发已经长回来了，只剩头顶还明显秃了一块。

“以后这种事希望你能老实跟我说，我绝对不要事后才知道。”我严肃地说。

“我知道了。”佳世子也认真地点点头。

十月中旬，暌违数月接到美贵的电话。美贵的公司六月发布的人事异动正如我的预言，总经理升为副董事长，和美贵丈夫年纪差不多的年轻董事则被提拔为总经理。不用说，权力都掌握在克服了病魔的董事长一人之手。

“Beemsun 好像生意兴隆嘛。”

她一开口就是这句话。大概是在杂志上看到介绍了吧，文章里当然也附上了佳世子的照片。

“好像是哟。”我冷淡地回应。

“你们会结婚吗？”她问。

“不会有这种事吧。”我苦笑着回应。

“这样啊，对你们两个来说现在这样就够了，是吗？”

只说了这句话，美贵就单方面结束了通话。

9

半个月后就是圣诞节的十二月上旬，佳世子染上了新型流感。

吃晚餐时，我就发现她脸颊发红。深夜，真衣下来三楼对我说“妈妈好像很不舒服”。

一量体温，已经超过三十九摄氏度，我赶紧开车送她去附近的医院挂急诊。

做了简单的病毒筛检，带回了一包克流感。

回家后，我让佳世子睡在了我房间的床上。真衣虽然担心，今晚还是得暂时隔离她们才行，我吩咐她一个人睡，明天再去氏家同学家叨扰几天。氏家由纪子是真衣班上的同学，也是她的好朋友，她们彼此经常在对方家过夜。她家在饭田桥，和我们家几乎近在咫尺。

过了两天佳世子才退烧，“Beemsun”只能暂停营业。再怎么说，只让打工的女孩们看店还是行不通。

真衣去氏家同学家住之后，佳世子回到了四楼卧室。我总在半夜写稿，会让她没法好好休息，再说我去年虽然得过流感，多少多了些免疫力，但还是有被传染的可能。

然而，一到夜里，我还是跑上了四楼。

无论如何都无法丢下虚弱的佳世子一个人。

“抱歉啊！”

佳世子频频道歉，表现出的却是和言语相反的依赖。

母女俩平时睡的是日式垫被，我就坐在棉被旁一边陪着她，一边读参考书籍。

第四天深夜，忽然醒来的佳世子抬眼看着我。屋里只有微弱的灯光，在她五官立体的脸上打下深浓的黑影，让她看起来非常憔悴。

“研一……”

佳世子发出细微的声音。

“我好像太累了。”

我合上书，抚摸她汗湿的头发。佳世子把手伸出棉被，抓住我的手。

“满脑子只有怎么样才能继续待在这里，好不容易可以和你住在一个屋檐下，回过神时我却把自己搞得那么忙，简直像个笨蛋。”

我松开佳世子的手，用双手将它们握住，并放回棉被里。

“便当店的事，其实根本不重要。”

闭上眼睛，佳世子低声呢喃。

“只要能像这样待在你身边，真的只要这样就够了，什么都不需要。”

我无言地继续抚摸她的头发。

“我真是个过分的女人。”

说着，她紧紧咬住了嘴唇。

“良英是那么爱我……你离婚之后，我却老是想着过分的事。不管怎么让自己别去想，只要一看到他的脸，那件事就会忍不住浮上心头。”

“别说了。”我说。

“那种事谁也没办法控制，他不是你害死的，再想也无济于事。”

这时，佳世子睁开眼睛，定定地凝视着我。

“真的是这样吗？”她轻声吐出一句。

毕竟，你和我什么都没做啊——我原本想说这句话，却无论如何都说不出口。

“那种死法不是很奇怪吗？你不觉得吗？”

良英最后曾睁开过一次眼睛，隔着出租车窗盯着自己家看了好久，然后才死掉的——我想起守灵那天晚上，佳世子忽然蹦出的这句话。

“我们什么都没办法做，就只是这样。”

身为一个人，你和她都真的很恶劣——这次浮现脑海里的是美贵说过的话。

“我们到底是在哪个环节上做错了？”佳世子在叹息中低喃。

“我和你只能这样了吗？”她又说。

“我们的相遇一定是个错误，从一开始就全部都错了。”

“你说得真过分。”

“不是这样的。”我忍不住提高了音量。

佳世子望向我，似乎吓了一跳。

“我很不甘心啊。”

我知道自己的声音在颤抖。

“我只是一直一直很不甘心，不甘心得都快发疯了。”

从第一次见到佳世子那天起，我想说的就只有这句话。

10

十二月二十四日，我和佳世子一大早开车前往八王子。真衣学校今天有圣诞同乐会，要到傍晚才放学。我们预计在那之前回来，然后再去接她放学。今晚我已预约了神乐坂的法国餐厅，打算请佳世子和真衣吃一顿圣诞大餐。

“Beemsun”决定暂停营业。流感痊愈不久，佳世子立刻把店里的营业模式改成只卖午餐便当。雇用的工读生也只留下一人，其他都辞退了。

“对客人很抱歉，但我暂时想过悠闲一点的生活。”佳世子如此宣言。

我也赞成。不管怎么说都没必要忙坏身体。丈夫过世，房子也卖掉了，一切都要从头开始。正因如此更不能着急，还是慢慢思考未来的路比较好。我自己也是年纪大了才辞职创业，当时虽然也有不安，实际上做了之后就知道，其实没那么辛苦惨淡。

钱这种东西，有了固然很方便，没有生活还是过得去。离开公司之后，我才发现这件事——成为自由业者之后，这或许是我最大的收获。

膳场的父亲膳场则英住的老人疗养院，位于八王子西侧近郊。与其说在八王子，不如说在高尾山脚更适合。车从代官町开上环状线，陆续转上国道四号和中央高速公路，最后再下高尾山交流道。抵达四面有山林环绕的“八王子皇家疗养花园”时，时间差不多是上午九点半。

原本的计划是十点抵达，因为交通意外顺畅，车开了不到一个小时我们就到了。

尽管周围只有一大片自然树林，疗养院内的设备可着实豪华。简直就像直接把一栋都心高级低楼层公寓搬过来，放眼望去，所有装潢细节都极尽奢华。

“入住费是五千万日元，除此之外还需缴纳保证金三百万。我也是良英走了之后才知道这里这么贵。”佳世子在车内说。

看到这里的状况后，我也能够理解为什么这么贵了。这家老人照护疗养院由知名保安公司出资经营，在这类自费老人疗养院中，等级可说是数一数二的。

入住费和保证金已经全额付清，过去一直在按月支付三十万日元的生活费用。卖了阿佐谷的房子后，佳世子打算用那笔钱把往后十五年的费用一次缴清。

今天除了来祝则英圣诞节快乐之外，另一个目的就是顺便办理缴费手续。

“膳场的专利收入这么高啊？”

“是啊，不过当初签的约，好像注明过他走了之后专利权全部归公司。良英连癌症险都没有，结果就像这样，什么都没留给我们。”

佳世子说得一副云淡风轻的样子。

美贵和膳场上过一次床的事，佳世子知道吗？

看着佳世子，总觉得她好像知道，又好像不知道。

“现在想想，让爸爸住这么花钱的疗养院，好像不只是为了避税。”

耳边传来佳世子的声音。

“膳场当然不可能没察觉那人的心意。否则，就算只有那么一次，他也不会答应我的诱惑。”

同时仿佛听见美贵这句话。

和美贵上床的事对膳场而言，或许是为了与佳世子的生活而做的一种努力。因为我自己无法断绝和膳场的关系，一旦断绝和他来往，就再也不能见到佳世子了。

对我而言，那是无论如何都要避免的事。

正如膳场深爱佳世子，美贵也深深爱着我。正因如此，我才一点办法也没有。同时背叛挚友与妻子的事，我终究是做不出来的。

我绝对不会与佳世子结合。然而，那样也无所谓。只要能偶尔见到她，看看她的脸，听听她的声音，感觉她的呼吸近在身边就很幸福了。

另一方面，和美贵离婚之后，我发现自己逐渐失去了对膳场的同理心。

得知膳场猝死的那天，我近乎痛楚地明白，自己内心深处真正希望的到底是什么。

佳世子言外有意地说："那个人没有地方可以回，是我把他从这个世界放逐了。"我听到这句话时背脊发凉。不，我确信那个坚持而不断祈求膳场消失的人，不是她而是我。

通过大理石打造的玄关，眼前是一间宽敞的接待大厅。

挑高天花板上挂着吊灯，我们一进大厅，接待柜台后的三位工作人员便笑着出来迎接我们。

简直就是大都会一流饭店中的情景。

我右手提着一个大纸袋，里面装的是买给则英的大幅膝上毯和开襟羊毛衫。

我们先被带到柜台旁的小房间，有个中年经理在那里等我们。

佳世子取出事先准备好的文件资料，问了几个必须确认的问题。

"日前我方已确认过您的汇款了。"

和柜台的工作人员一样，经理的应对进退也处处礼貌周到。

手续办理了大约三十分钟，然后我们才在照护职员的带领下前往则英的房间。佳世子好像也已三个月没来了。

我在车上问过她："我一起来看爸爸没关系吗？"

"当然，说不定爸还会把你当成良英呢。"佳世子是这么说的。

我和膳场则英见过几次面。学生时代，住在家里的膳场，有时会去我租的房子过夜，我也住过他在国立的家几次。话虽如此，我去他家的次数屈指可数。

则英原是东电的技术人员，在公司境况最好的时候一直工作到退休。退休后一直过着悠闲生活的他，却在妻子先走一步之后得了严重的痴呆症，无法持续独居生活。话虽如此，他也没能和独生子膳场住在一起，在约莫三年前住进了这里。以前在国立住的老家已经没了，卖掉那栋房子的钱，全部用来支付了这家豪华老人疗养院的入住费。

我们上到专供需要照护者居住的三楼。这里的装潢也像饭店或高级公寓一样，铺着灰色地毯的走廊两侧是一扇扇富丽堂皇的木门，每扇门上都装有医院病房般的大门把，只有这点和饭店不同。

走出电梯再前进个十几公尺，左手边就是则英的房间。

进入走廊上的小门厅，为我们带路的年轻男性职员先轻轻敲了敲门，再拉开门。

站在入口就能看清整间宽敞的房间，靠近外侧是一间三坪左右的外间，左边有一间大厕所，右边是洗手台和盥洗用具收纳柜。

靠近内侧的起居室里，左边摆着一张大床，右边是一套正对电视的沙发，沙发前摆着细长椭圆形的桌子和四张椅子。

给人的印象，大概就是一般公寓加特别病房再除以二吧。

则英正坐在沙发上看电视。

“膳场先生，您的媳妇来了。”

职员开口前一直面向电视的他，一听到声音立刻转头。

看到二十年不见的则英，我不由得倒吸了一口凉气。

并不是因为他老了许多、憔悴许多，也不是因为痴呆症让他看起来表情呆滞。

曾经体格魁梧的则英，瘦下来之后几乎和脸型瘦长的膳场长得一模一样。

这使我产生了一股错觉，仿佛眼前见到的是年逾古稀的膳场本人。

“爸，好久不见！”

佳世子一走过去，则英就慢慢站起来，径直走了几步，把手撑在桌面边缘，很费力似的在靠床那侧的椅子上坐下。虽然没有说话，但是看着我和佳世子，脸上带着笑容。照护职员选了则英身边的椅子坐，我们只得隔着桌子坐对面另外两张椅子。

佳世子递上圣诞礼物，职员帮忙打开包装纸，取出里面的东西，摊开毯子和羊毛衫。

“膳场先生，收到好棒的礼物了呢。今天是十二月二十四日，明天是圣诞节哟。”职员对他说。

则英原本对礼物显得没什么兴趣，被这么一说才对我们低下头，以平静的语气说：“不好意思啦，让你们费心啦！”

观察了一阵子，我发现他对“说话声音”的反应特别明显。或许对进入耳朵的语言情报，还保留着往日的辨识能力吧。

“爸，前阵子太忙乱，一直没能来看你，真的很对不起！今后我会常来看你的，有没有什么需要？什么都可以跟我说。”佳世子缓慢地以清楚的咬字告诉他。

“什么都不要。这里啥都有，啥都不缺。这里就像天堂一样，我心里只有感谢。”则英说着，对我们合起手掌。

“这样啊，这样就好。”看到他这副模样，佳世子眼眶含泪。

感觉就像看到年老的膳场对我们双手合十，我也忍不住红了眼眶。

我低声问佳世子：“为什么爸爸用九州腔说话？”

“好像从去年年底开始的，我只知道爸小时候住过九州，其他的事也不太清楚。问过良英，他也不知道为什么。”

当下的记忆和过去不久的记忆变得含混不清，反而是早已遗忘、没有一丝伤痛的过往一一浮现了吧。这么说来，或许也是很合理的事。

“有没有好好做研究啊？”则英突然开口问我。

“好好在做着呢。”我定定地看着他的眼睛回答。

“这样啊。”

则英露出满意的表情。

“这样就好。”

他说这句话的声音充满了威严。

佳世子转头看我，一副“我就知道”的表情。

接着，那位负责照护的年轻职员把则英最近的状况告诉我们。每周举行的活动他都按时参加，吃饭、洗澡和排泄也没有问题。大概半个月会有一次看到他深夜在设施内四处徘徊，被职员发现后带回房间，上床之后就安静地睡着了……

“膳场先生最喜欢看魔术表演，每次结束后，有两三天的时间都会针对魔术原理发表自己的看法，说那一定是哪里动了什么手脚，每次都被他说中了，让职员们很佩服呢。”

职员告诉我们这件事时，原本一直发呆的则英的眼神突然亮了起来，直盯着我的脸看。

过了三十分钟左右，我们正准备起身离开时。

“什么嘛，你这小子不是良英啊，根本不是良英嘛。”突如其来地，则英朝我说。

我看了身边的佳世子一眼。

则英出乎意料地站起来，身体往前倾。

“过来，脸让我看仔细点！”

他对我招手，我只好无言地站起来，把脸凑过去。

“像是很像，果然不是良英嘛……”

则英语气哀伤。一旁的照护职员无奈地看着他。膳场死去的事，职员当然是知道的吧。

“我好想见良英，快点让我见他！”

则英这么说着，目光依然凝视着我。

“请你也跟良英说说，叫他不要太勉强自己啦。”

则英对我低下头。

“爸，对不起！真的很对不起！”

佳世子站起来，噙着泪水道歉。我无法动弹，只能隔着桌子对他探出上半身。

“为啥是佳世子道歉？佳世子没有做错什么。”

说着，则英朝我头顶举起枯瘦的手臂。

“坏的是这个男人啦。”

那只手啪啪打在我头上。

“都是这个男人不好。”

则英嘴里嘀咕着，不断拍打我的头，清脆的啪啪声在室内回荡。

“爸，对不起、对不起！”

佳世子在呜咽声中一再道歉。

11

回程车上，两人始终无言。

中午过后返回市谷的家。我们原本打算途中去吃个午餐，后来也完全没那个心情了。

到家后，佳世子上了四楼，我进工作房继续写稿。

过了好一阵子只赚日领小额稿费的生活，我终于开始挑战久违的长篇。入秋时，当初怂恿我独立的那位编辑睽违两年来了联络，问我要不要再次尝试长篇。我想了几个点子，他很中意其中一个。那是和汽车业界无关，讲述一群日本人远赴中国创业的群像故事。

看到佳世子的努力，我也开始告诉自己，差不多该振作起来写东西了。在这样的心情下立刻投入执笔，利用好几份原稿截稿之间的空当，花了好几个月慢慢写。

三点多，佳世子端着饭团和味噌汤走进工作房。我们一起吃了饭团，分着喝了唯一一碗味噌汤。

“对了，那个小偷的事是真的吗？”我终于对佳世子问出盘踞内心多时的疑问。

佳世子露出“为什么这么问”的表情看着我。看到她在没有心理准备的状况下做出的反应，我知道那件事不太可能是她编出来的。

“我想大概是真的小偷吧。”

然而，佳世子的回答却叫人不解。

“大概是真的？”

“因为确实有脚印，警察也说那个小偷穿的是某种球鞋，不是吗？”

我点点头。

“可是，打开电灯那一刻，我其实看到了对方的脸。是良英。”

“咦！”

我张口结舌。

“不是说戴了蒙面的帽子，没看清长相吗？”

“那是我胡说的。”

佳世子说出了更惊人的话。

“那个人长得跟我死去的丈夫一模一样，我怎么可能说出这种话？”

她望向我，眼神征求着同意。

“所以我才觉得已经不能继续待在那个家了。”

这么一说我才想起，搭中央线电车前往阿佐谷那天，我在半梦半醒之间想象过小偷就是膳场的事。

傍晚，我们按照计划去接真衣放学。

起风了，温度也骤然降低许多。

真衣提着装满圣诞礼物的大纸袋，精神抖擞地走出校门，朝我们跑过来。

“走到靖国大道搭出租车吧。”

我这么一说，佳世子立刻反对。

“不行，那样太浪费了。”

“对啊，要节俭、节俭。”

真衣也和母亲一个鼻孔出气，“节俭”是她最近的口头禅。

“爷爷还好吗？”

并肩走在我们身旁，真衣这么问。

“很有精神。”

我想起那只手打在头上的感觉，替佳世子回答了。大概几十年不曾被人那样打头了吧。

选了一条小路，我们朝神乐坂走去。走着走着风停了，也不再觉得那么冷。走在下坡路上，前方的真衣忽然停下脚步，抬头仰望天空。

“哇！”

她发出惊呼，我们也停下来站在她身边。

漆黑的夜空中，散布着数量惊人的星星。

或许是因为小巷里和大马路不同，街灯昏暗了许多。

“今天回家后，我们上顶楼观测天文吧？”我对她说。

“可以吗？”

真衣问的不是我，而是在她右边的佳世子。

“是啊，好久没看星星了，大家一起来看吧。”佳世子这么回答。

“这么说起来，我一次都没跟膳场一起看过星星呢。”我轻声自言自语。

“哎呀，是吗？”佳世子显得颇为意外。

“是啊，那家伙初中时虽然是个天文少年，却一次也没邀过我一起看星星。”

“良英第一次带我去的地方就是三鹰的国家天文台哟。”

“这样啊。”

“连午餐都在天文台里的餐厅吃的。”

“是吗？”

“我也在那里吃过！”

真衣加入我们的谈话。佳世子点点头。

“真衣在那里吃了什么？”

“大学咖喱！”

“这样啊。”

膳场最爱吃咖喱，他就读的大学餐厅卖的“大学咖喱”很有名，我也吃过好几次。国家天文台应该是那所大学的附属设施，卖的一定是一样的咖喱吧。

“不过，膳场在看星星时不知道都想些什么。”

我也不知道这话是对佳世子说的，还是对真衣说的。

“爸爸总是说，他在找寻下次要去的星球。”

这时，真衣说了不可思议的事。

“下次要去的星球？”

“嗯。他说，大家都以为人死之后会变成星星，其实那是错的。人死了之后，就会到另外一颗星星上去。所以，爸爸总是说，下次要去的星球他想自己决定，然后再拜托神明让他去那里。”

“是这样吗？”

我向佳世子确认，她也疑惑地歪着头。

“真的啦。爸爸跟我说过好几次呢。他还说，如果去一颗连在哪儿都不知道的星星不是太无趣了吗。所以我也要好好学习星星的事，才能拜托神明让我去我最想去的星球。”

“原来是这样啊……”

发出赞叹声的是佳世子。真衣不再回答什么，低下头，似乎沉浸在思绪中。

满天星空下，我仿佛看见对着望远镜窥看的膳场的身影。

“你打算上哪儿去啊？为什么那天晚上回来了呢？已经找到下次要去的星球了吗？”我在心中轻声问他。

“好了，我们走吧，不然预约的时间要迟到了。”佳世子说。

“既然我们还在这颗星球上，就得拼命在这里活下去才行。”

“对对对，首先要节俭、节俭。”

真衣抬起头，念出那串熟悉的咒语，我紧紧握住她的手。

图书在版编目（CIP）数据

爱是谎言 /（日）白石一文著；邱香凝译 . —成都：四川文艺出版社，2017.10
ISBN 978-7-5411-4782-1

Ⅰ . ①爱… Ⅱ . ①白… ②邱… Ⅲ . ①短篇小说—小说集—日本—现代 Ⅳ . ① I313.45

中国版本图书馆 CIP 数据核字（2017）第 213397 号

版权登记号：图进字 21-2017-487

AI SHI HUANGYAN

爱是谎言

［日］白石一文　著　邱香凝　译

策划出品　磨铁图书
责任编辑　周　铁　李国亮
责任校对　汪　平

出版发行　四川文艺出版社（成都市槐树街 2 号）
网　　址　www.scwys.com
电　　话　028-86259287（发行部）　028-86259303（编辑部）
传　　真　028-86259306

邮购地址　成都市槐树街 2 号四川文艺出版社邮购部　610031
印　　刷　河北鹏润印刷有限公司
成品尺寸　146mm × 210mm　1/32
印　　张　8　　字　　数　171 千
版　　次　2017 年 10 月第一版　　印　　次　2017 年 10 月第一次印刷
书　　号　ISBN 978-7-5411-4782-1
定　　价　36.80 元